해파랑길 몽돌소리

자아성찰 노트

해파랑길 몽돌소리 자아성찰 노트

발행   2020년 9월 4일

글 · 사진 남상호

펴낸이   원미경
펴낸곳   도서출판 산책
편집   김미나 정은미 정희선

등록   1993년 5월 1일 춘천80호
주소   강원도 춘천시 우두강둑길 23
전화   033)254-8912
이메일   book4119@hanmail.net

ISBN 978-89-7864-086-2
정가 15,000원

해 파 랑 길 몽 돌 소 리

자아성찰 노트

글 · 사진 남상호

해파랑길 도보여행은 친구의 초청으로 2019년 7월 5일 정동진에서 강릉으로 함께 걸으며 시작된 것이다. 그것은 하나의 행운이었다. 그것이 계기가 되어 770㎞ 길의 50개 코스를 걸으면서 심신이 건강해졌기 때문이다. 처음에는 과연 완주할 수 있을까 하는 생각도 들었지만, 중간에는 끝까지 가겠다는 욕심이 생겼고, 종착점이 가까워지자 벌써 끝인가 하는 아쉬움이 들었다.

2016년 문화체육관광부에서 해파랑길을 정식으로 개통하기 전, 이미 동해안 해파랑길을 걷고 나서 쓴 책이 몇 권 나왔다. 『동해 바닷가 걷다』(신정일, 브엔리브로, 2010), 『길에서 길을 묻다』(김영헌, 열린시선, 2014), 『해파랑길 이야기』(김명돌, 북랩, 2015), 『해파랑길의 독백』(최영수, 북랩, 2016)등이 있다. 이들의 여행은 대부분 자기를 찾는 사색 여행이었는데, 필자의 주제 역시 그들과 본질적으로 다르지 않다.

필자의 여행 주제는 자아성찰自我省察, self-reflection이다. 자아성찰은 왜 해야 하는가? 등잔 밑이 어둡다는 말처럼, 자기를 성찰하지 않으면 자기인식이 안 되고, 자기인식이 안 되면 자신의 문제점이 무엇인지 알지 못하고, 자신의 문제점을 알지 못하면, 쉽게 독선에 빠지기 때문이다. 그보다 더 큰 문제는 인생의 주인이 누구인지 모르고 한평생 산다는 것때문이다.

철학자도 자신의 대전제를 성찰하지 않으면 자신의 관점도 모르고, 앞으로 나아갈 방향도 알 수 없게 된다. 철학이 비록 무전제의 진리를 추구하지만, 철학자 자신은 어떤 철학적 대전제를 가지고 출발하기 때문이다. 필자가 자아를 성찰하는 것에도 하나의 전제가 있는데, 그것은 모든 것이 하나의 방법일 뿐이라고 보는 방법론적 세계관Methodological World-view이다.

필자의 자아관은 그런 방법론적 세계관을 기초로 하는 것으로서 관계론적인 것이다. 그래서 필자는 지정의의 상호작용이나 지정의가 사물과 소통하는 작용을 자아로 본다. 따라서 성찰 대상으로서의 자아는 현재 진행형의 지정의의 작용이다. 그런 자아를 성찰하는 것이 끊기면 내공이 깊어지지 않고, 깊어지지 않으면 제자리걸음을 하게 된다. 그래서 길을 걸을 때는 물론 쉴 때도 자아성찰에 집중하려 했으며, 집에 돌아와 원고 정리하면서도 계속 이어갔다.

이 책의 성격을 규정한다면, 외견상으로는 해파랑길 트레킹 노트이지만, 내용상으로는 철학적 자아성찰 노트이다. 자아성찰은 필자의 30년 된 철학적 화두 중 하나이기 때문이다. 그래서 해파랑길 여행에서도 방법상 구간마다 자아성찰을 위한 소주제를 설정한 것이고, 그에 따라 보이는 자연과 나의 모습을 성찰한 것이기 때문이다.

책의 편집은 1번 코스에서 50번 코스까지 순서대로 했지만, 실제 여정은 아래에 정리한 것처럼 그때그때의 사정에 따라 각 구간을 걸은 것이다. 아울러 여정별 소주제 간에는 특별한 선후 관계는 없지만, 마지막 50번 코스의 주제를 무연無然으로 설정한 것은, 그것이 필자의 철학적 주요 개념이기 때문이다. 실제 여정의 순서와 각각의 소주제는, ①36-39코스: 이소離巢, ②46-47코스: 설렘, ③44-45코스: 세번洗煩, ④41-43코스: 그냥, ⑤30-33코스: 양심, ⑥1-3코스: 쉼, ⑦34-35코스: 불안, ⑧39-40코스: 인격, ⑨47-48코스: mindfulness, ⑩3-4코스: 시습時쩝, ⑪5-8코스: 행복, ⑫9-11코

스: 그림자, ⑬12-15코스: 진정성, ⑭16-19코스: 고독, ⑮49-50코스: 무연無然, ⑯20-23코스: 조화調和, ⑰24-25코스: 사랑, ⑱26-29코스: 생명이다.

이 책은 서술 방법상 산문과 운문을 함께 사용하였는데, 운문 중에는 시詩·사詞·부賦 세 가지 형식을 사용했다. 운문을 사용한 목적은, 정자에서 노닐었던 옛 선현들의 시문을 감상하며 그들과 대화하는 것은 물론 필자의 생각과 감정을 여러 형태로 표현해보기 위한 것이다. 시는 글자 수에 따라 5언과 7언으로 구분하며, 네 구로 된 것을 절구라 하고, 여덟 구로 된 것을 율시라 하며, 열 구 이상을 배율이라 한다. 사는 모두 826가지의 사조詞調에 2,306가지의 이체異體가 있다. 그리고 부는 문체상 배부排賦·율부律賦·문부文賦 등으로 분류되고, 문장은 대체로 서·본·결의 3단으로 하되 직서체直敍體와 문답체問答體로 구성된다. 이와 같은 운문이 산문보다 훨씬 더 많은 통일과 압축 그리고 일탈을 할 수 있으므로, 옛날 선승들도 도를 전하고자 할 때는 주로 게송偈頌이라는 운문 형식을 사용한 것이다.

파도가 쏴~ 쏴~ 하면 몽돌은 자그락~ 자그락~ 하고, 파도가 처얼썩~ 처얼썩~ 하면 몽돌은 타다닥~ 타다닥~ 하는데, 파도와 몽돌도 혹시 서로 대화하며 자아성찰이라도 하는 것일까? 흐린 물이 맑아지고, 모난 돌도 둥글게 되고 있으니.

2020년 4월
춘천 국사봉 아래에서
남상호 삼가 쓰다.

목차

오륙도-임랑해변

2019.10.16. – 10.18 | Course 1 | 오륙도해맞이공원 ▶ 미포 17.7km
Course 2 | 미포 ▶ 대변항 13.7km
Course 3 | 대변항 ▶ 임랑해변 19.4km

이번 트레킹trekking의 주제는 '쉼'이다. 자아성찰과 쉼은 무슨 관계가 있는가? 자아는 밤에 쉴 때나 조용히 명상할 때 자신의 정체를 보여준다. 그래서 맹자는 "주야에 자라나는 것과 새벽의 청명한 기운을 그가 좋아하고 싫어하는 것이 보통 사람과 가까운 것이 적으면, 낮에 하는 행위가 야기(夜氣, 즉 밤의 청명한 양심)를 질곡하여 잃게 된다. 질곡하기를 반복하면 야기 역시 보존할 수 없게 된다. 야기를 보존하지 못하면 그 거리는 금수와 멀지 않게 된다"고 말한 것이다. 즉 야기는 밤에 쉴 때 회복되는 순수純粹한 양심을 말하는 것이다.

파도가 가려도 바위섬은 여전히 제 자리에 있는 것처럼, 욕심이 가려도 양심은 언제나 제 자리에 있는 것이다. 하지만 순수한 양심은 비교적 밤이나 새벽처럼 심신이 평온할 때 잘 나타나기 때문에, 자아

---

1 『孟子』「告子上」8章: 其日夜之所息, 平旦之氣, 其好惡與人相近也者幾希, 則其旦晝之所 爲有梏亡之矣. 梏之反覆, 則其夜氣不足以存. 夜氣不足以存, 則其違禽獸不遠矣.

성찰을 위해서는 한가하게 쉬는 것이 중요하다. 우리가 쉰다는 것은 하던 일을 내려놓는다는 것이지 아무것도 안 한다는 것이 아니다. 일상에서 벗어나 이렇게 해파랑길을 걷는 것도 쉬는 것에 속한다. 필자는 2016년 8월 퇴직을 앞두고, 과거 인생을 정리하며 미래를 꿈꾸었던 한 수의 시가 있다.

●
退休自詠 퇴직하면서   _ 2016. 6. 8. 南相鎬

꿈꾸던 30대엔 새로운 삶을 찾아서
대만으로 건너가 유학하였으며
9년 공부하여 학위 받고
초라한 모습으로 귀국하여 강원대에 취직했지요
잘 모르던 40대엔 진실을 중시해서
문장을 분석함엔 논리를 중시하였으며
지식을 닦고 독서함엔 선현의 지혜를 궁구하고
인으로 인해 도덕 의지를 기름 본성에 맞추려 했지요
답답했던 50대엔 방법론적 세계관을 연구해서
조급하게 서둘러 멀리 달리려만 하였으며
한가하게 사물 보는 것도 억지하고
불철주야 빨리 완성하려 했지요
퇴직하는 60대엔 무연히 무연하게 돌아가서
계곡물 찍어 글씨 쓰며 새소리 들어보렵니다

夢中三十找新生, 渡海留臺過石荊.
九載修文拿學位, 薄衣回國就江城
小知四十重眞實, 分句析章貴道榮.
研識讀書窮古慧, 由仁養志合天情.
悶悶五十攻方法, 躁急加鞭馳遠程.
抑止閑居觀事物, 不關晝夜促完成.
退休六十無然返, 醮澗揮毫聞鳥聲.

몽중삼십조신생, 도해유대과석형.
구재수문나학위, 박의회국취강성.
소지사십중진실, 분구석장귀도경.
연식독서궁고혜, 유인양지합천정.
민민오십공방법, 조급가편치원정.
억지한거관사물, 불관주야촉완성.
퇴휴육십무연반, 잠간휘호문조성.

해파랑길 걷는 것을 1번 코스에서 시작한다는 것이 단지 숫자에 지나지 않는 것인데도 마음의 느낌은 사뭇 다르다. 그동안 강원도 해파랑길은 많이 걸었지만, 이제 부산 오륙도의 1번 코스 출발지에 서니 시작하는 기분이 든다. 해파랑길에는 옛날 정자나 새로 지은 정자가 많이 있다. 모두 쉼터이다. 이태백의 사(詞)를 보면, 중국의 정자문화를 엿볼 수 있다.

●

菩薩蠻, 平林漠漠煙如織
보살만 - 평림의 아득한 아지랑이 옷감 짜듯   이백(李白, 701~762)

드넓은 숲 아득한 아지랑이 옷감 짜듯 하는데,
추운 산자락 푸른빛만큼은 마음 아프게 하네.
날 저물어 어둠이 누각에 찾아드는데,
누군가 누각 위에서 걱정스러워하네.
/
아름다운 계단에 우두커니 서 있는데,
잠자려는 새들 재빨리 날아드네.

나는 어디로 가야 할까?
도처에 정자가 연 이어져 있는데.

平林漠漠煙如織,	평림막막연여직
寒山一帶傷心碧.	한산일대상심벽
暝色入高樓,	명색입고루
有人樓上愁.	유인루상수
玉階空佇立,	옥계공저립
宿鳥歸飛急.	숙조귀비급
何處是歸程,	하처시귀정
長亭更短亭.	장정경단정

* 更자는 連자로 된 것도 있다.

　　이태백의 사詞에 나오는 장정長亭은 10리마다 있는 큰 정자이고, 단
정短亭은 5리마다 있는 작은 정자이다. 정자는 길손의 쉼터로서 지금의
고속도로 휴게소나 졸음쉼터와 같은 개념이다. 필자의 해파랑길 주제
는 '자아성찰'이다. 혼자 걷다 보면 나에게 집중하여 마음이 부자가 되
고, 마음이 부자가 될 때 비로소 바람 소리나 파도 소리도 들리며, 귀를
기울이면 몽돌소리도 들린다. 그뿐만 아니라 길가의 정자와도 대화할
수 있으며, 정자 속에 있는 옛 선현들의 주옥같은 시문도 감상할 수 있
으므로, 필자에게 해파랑길은 하나의 자아성찰 수도장이다.
　　동우董遇는 독서를 삼여三餘에 해야 한다고 말했다. 삼여는 일 년 중
에는 겨울, 하루 중에는 밤, 기후 중에는 비가 올 때 등 세 가지 여유

부산 오륙도

이다.[2] 직업에 따라 다르지만, 요즘에는 한 시간에는 10분 쉬는 시간,
하루 중에는 퇴근 후 저녁 시간, 일 년 중에는 여름과 겨울 휴가, 일생
중에는 퇴직 이후가 여유 있는 시간이다. 그런 여유 있는 시간을 활
용한다면, 자아성찰은 물론 맹자가 말하는 야기夜氣도 회복할 수 있
을 것이다.

2019.10.16. 춘천에서 버스로 5시간 만에 도착하고, 전철과 시내버스
를 잘 몰라 헤매다가 2시간 넘게 걸려 오륙도해맞이공원에 도착했다.
도착하자마자 1번 코스 스탬프를 찍은 다음, 오륙도 사진 몇 장 찍고

---

2 『三國志』「魏志, 王肅傳」: 遇言: 讀書當以三餘, 或問三餘之意. 遇言 '冬者歲之餘, 夜者日
   之餘, 陰雨者時之餘也.'

곧바로 길을 떠났다. 정신없이 가다 보니 모자를 떨어뜨려 찾으러 갔다가 다시 돌아오니 30분이 더 걸렸다. 춘천에서 부산까지 오느라 걸린 시간을 조금이라도 만회해보려 할 게 아니었는데 말이다. 1번 코스는 이기대 도시자연공원 동쪽 해변으로 길이 나 있어 계단이 아주 많아서 계단을 오르락내리락하느라 4㎞를 걷는데 2시간 반이나 걸렸다.

이기대二妓臺를 지나 광안리해수욕장 쪽으로 갔다. 광안리해수욕장은 휘어져 있고, 광안대교는 활시위처럼 바다 위를 가로지른다. 그것이 활이라면 어디에 쓸까? 이곳에는 청춘남녀가 많이 오는데, 그들이라면 영원히 변치 않는 사랑의 화살을 쏘는 데 쓰지 않을까?

이기대(二妓臺)에서 본 해운대 해변

廣安里海邊 광안리 해변 2019.10.16. 南相鎬

해안과 대교가 하나의 활을 이루니
연인들 사랑의 화살 가슴 향해 날리겠네
파도 몰려 오감 수시로 이어지듯
무한한 진정 영원히 통하길

灣與大橋成一弓, 戀人射愛向胸中.   만여대교성일궁, 연인사애향흉중.
波濤進退隨時續, 無量眞情永遠通.   파도진퇴수시속, 무량진정영원통.

아침 7시 반 차로 오면서 점심은 빵 하나로 때웠기 때문에 너무 배가 고팠다. 국밥(6,000원) 하나 시켜 밥 두 그릇을 말아먹었다. 이렇게 종일 정신없이 다니다 밥을 먹고 나니 제정신이 들어 저절로 웃음이 나온다. 이번 여행의 주제가 쉼인데 말이다.

저녁을 먹으며 식당 주인에게 찜질방을 물어보니 아쿠아팰리스가 좋다고 추천한다. 피곤하지만 잠시 해변에서 숨 돌리며 밤바다의 파도 소리와 청춘들의 웃음소리를 들어보았다. 손녀 돌보느라 함께 못 온 아내에게 동영상을 찍어 보냈다. 매일 쉰다면 그것은 일이지 쉬는 것이 아니다. 하던 일을 멈추어야 비로소 쉬는 것이다. 그래서 사람들은 멍때리기가 좋다고 하는가 보다. 24시간 찜질방(15,000원)이지만 물은 600미터 지하의 온천수이고, 저녁에 잠잘 때는 얇은 담요를 준다. 이 정도이면 배낭 여행객들에게는 훌륭하다.

4시 반에 잠을 깨어 더운물에 몸을 담그니 뻐근한 다리도 풀린다. 호텔 옆 한식집에서 콩나물해장국을 시켰는데 낙지콩나물국(6,000원)을 주었다. 낙지가 들어가서 그런지 맛있었다. 식사 후 혹시 해운대 일출을 볼 수 있을까 하여 바삐 해변으로 갔다. 6시 30분에 해가 떴는데 구름 때문에 잘 안 보인다. 구름이 반사해주는 덕분에 오히려 여명이 더 환하고 아름답다. 어제 못한 밀린 숙제하느라 발걸음을 재촉해본다.

　수영강 다리를 건너 동백섬에 이르니, 많은 사람이 아침 운동을 나왔다. 관광명소라서인지 외국인들도 오가고, 동백도 내년 봄에 피울 꽃봉오리를 준비하고 있다. 동백섬 남쪽에는 APEC 정상회의를 한 누리마루가 있는데 9시에 문을 개방하기 때문에 들어가지 못하고 바깥에서 볼 수밖에 없었다. 누리마루 동쪽으로 돌아가니 고운 최치원 (孤雲 崔致遠, 857~?)이 썼다는 '海雲臺'(해운대) 세 글자가 바위에 새겨져 있고, 보호용 울타리가 처져 있었다. 옛 선현의 글씨라고 생각하니 느낌이 다르다.

해운대 해수욕장에 이르러 커피 한잔 마시며 바닷가를 보았다. 모래사장에 무슨 조형물인가 서 있는데 알고 보니 각종 음료수 페트병으로 물고기 형상을 만들어 놓은 것이다. 쓰레기를 아무 데나 버리지 말자는 뜻 같다. 공원 가에는 조용필의 〈돌아와요 부산항에〉 노래비가 서 있다. 이 시대의 명곡 중 하나이다. 동백섬과 오륙도가 한눈에 보이는 해운대 해수욕장이 그 배경인 모양이다.

冬柏島 동백섬   2019.10.17. 南相鎬

해변의 동백 푸르르고
옛이야기 면면히 돌에 새겨 있네요
산록은 허리 굽혀 잔도를 자랑하는데
연인은 손잡고 모래밭 향하네요

부산 광안리 야경

海邊冬柏滿靑靑, 故事綿綿託石銘.
山麓曲腰誇棧道, 戀人牽手向沙汀.

해변동백만청청, 고사면면탁석명.
산록곡요과잔도, 연인견수향사정.

해운대 해수욕장 끝나는 지점에 음식점이 있는데, 박옥희 할매집 원조복국이라는 간판이 보여서 왠지 맛있을 것 같아 들어갔다. 맛집 인증서 같은 명사들 사진과 싸인이 벽을 가득 채우고 있다. 아침 9시 이지만 나는 아침 먹은 지 이미 3시간이 지나 먹고 싶은 생각이 들었다. 다른 사람들이야 아침일 테지만 나는 점심으로 먹는다. 은복국 (10,000원)의 담백한 맛과 해조류인 꼬시래기 초절임의 맛이 좋았다.

식사 후 문탠로드moontan road 달맞이 길을 따라갔다. 문탠이란 썬탠

동백섬에서 본 해운대 해수욕장

해파랑길 몽돌소리

처럼 달빛을 쪼인다는 뜻이란다. 국토종단 자전거길과 해파랑길, 그리고 갈맷길이 혼동되어 여러 번 길을 잃고 헤맸다. 산길에는 돌계단을 잘 만들어 놓았는데, 사람들은 왜 돌계단 옆 흙길로 돌아다닐까?

해운대 달맞이길을 지나면 송정松亭 해수욕장이 나온다. 송정해수욕장 동쪽에는 죽도공원이 있다. 죽도竹島라는 이름은 강원도 양양군 현남면 인구리, 고성군 죽왕면 송지호 해변 앞바다, 포항 죽도시장에도 죽도라는 이름이 들어있다. 대나무는 선비문화의 대표 캐릭터 중 하나로서 죽도 공원 역시 이곳 선비들의 정신이 반영된 것인가? 아울러 이곳 지명이 송정松亭이기 때문에 죽도 공원 해변에는 송일정松日亭이 있다. 송죽의 개념을 바탕으로 한 정자가 찬란하게 빛

부산 송정해수욕장 송일정(松日亭)

나는 바닷물결을 바라보는 것이 한 폭의 그림이다. 1층은 돌기둥으로 되어 있고, 2층은 목재로 만들었으며, 기둥은 배흘림기둥으로 되어 있고, 단청도 아름답다. 지금까지 내가 본 팔각정 중 송일정의 품격이 제일이다. 아름다운 하나의 정자로 남을 만하고, 아울러 많은 문인의 사랑을 받아 인문학의 꽃이 피어날 것이다.

松日亭 송일정 2019.10.17. 南相鎬

산기슭 가을바람 국화 향기 흩뿌리는데
모래사장 갈매기 떼 물고기 찾기 바쁘네
눈 돌려 바다 보니 속세를 떠난 듯
신 벗고 난간에 기대어 쉬니 기분이 날아갈 것 같네

山麓秋風散菊香, 沙灘鷗隊索魚忙.   산록추풍산국향, 사탄구대색어망.
轉瞳觀海離三界, 脫足依軒心氣揚.   전동관해리삼계, 탈족의헌심기양.

＊ 三界: 불교의 세계관 가운데 하나로서, 미혹한 중생이 윤회(輪廻)하는 욕계(欲界)·색계
(色界)·무색계(無色界)를 말한다.

　산과 들로 난 해파랑길이 아니라면, 길을 잃었을 경우 무조건 바닷
가 쪽으로 가면 된다. 중간에 용왕사 쪽으로 길 표시가 있지만 카카오
맵으로 검색해보니 해변 쪽으로 길이 끊어져 있었다. 그래서 돌아 나
와 큰길로 가는데, 큰길 자전거길 가에는 붕어빵가게에서 커피도 팔
고 있다. 커피도 한잔하고 스마트폰 배터리를 충전할 겸 잠시 쉬었다.
붕어빵(1개 2,500원)의 팥소가 맛있다. 주인은 붕어빵의 원조가 일본
의 도미[鯛魚] 빵인데, 우리는 그것을 붕어빵이라고 이름 부르게 되었
다고 한다. 문화라는 게 다 그렇다. 받아들이는 쪽의 문화 배경에 맞
추어 적당한 것으로 바꾸어 그것을 이해하고 해석하기 때문이다.
　아침 6시에 광안리를 출발하여 1시 30분에 대변항에 도착하였다.
8시간 동안에 27㎞를 걸은 것이다. 대변항에서 잠시 쉬면서 가져온
사과를 먹었다. 많이 걷다 보면 사과 하나도 무겁지만 여행 중에는

간식이 필요하다. 대변항은 2코스 끝이면서 3코스의 시작점이다. 오늘 3코스까지 완주할 예정이다. 욕심내서 기장군청을 지나 일광역(대변항에서 8.3㎞)에 이르렀지만, 걷기를 중단하고 말았다. 35㎞ 걷고 나니 다리가 당기고 왼쪽 넷째 발가락에 물집이 잡혀 더 걸을 수가 없었기 때문이다.

일광역에서 3시 30분 동해선 전철을 타고 어제 묵었던 아쿠아팰리스 찜질방으로 돌아왔다. 저녁은 아침 식사를 했던 엄마손식당에서 된장찌개(6,000원)를 먹었다. 해변에는 석양이 아직 남아 광안대교와 높은 빌딩을 환히 비춰주고 있었다. 광안리 해변에서 어제는 불꽃 공연을 하더니 오늘은 무속신앙에서 행하는 굿음악을 연주하고 있다. 여행객들을 위한 무료공연이다.

2019.10.18. 아침 일찍 일어나 5시에 찜질방을 나서서 아침을 먹고 5시 58분 광안역에서 전철을 타고 벡스코역에서 일광역으로 가는 동해선 전철을 타려는데 비가 오기 시작한다. 비를 맞으며 걷는 것도 좋지만, 그럴 용기가 나지 않았다. 아쉽지만 돌아서서 전철로 노포역까지 가서 7시 30분 버스를 타고 춘천으로 돌아왔다.

이번 여정의 주제는 쉼이었다. 쉼이란 주제가 무색하게 여유 없이 다녔지만, 쉬지 않고 살 수는 없는 것이다. 그동안 비교적 바쁘게 살아온 나는 맹자의 말처럼 쉬는 시간에 자신의 자아가 깨어나는 것인지는 아직 모르겠다. 하지만 송정리 송일정에서 눈부시도록 찬란한 가을 바다를 본 한순간의 느낌은 아주 특별했다. 쉼이 주는 선물이었나?

임랑해변 - 진하해변

2019.11.6. Course 3 대변항 ▶ 임랑해변 19.4㎞
Course 4 임랑해변 ▶ 진하해변 19.7㎞

이번 트레킹의 주제는 '시습'時習이다. 때때로 학습하는 것은 반복
하는 것이므로 성실하지 않으면 안 된다. 그래서 공자는 "남이 열 번
에 잘할 수 있으면 나는 백번에 하고, 남이 백번에 잘할 수 있으면 나는
천 번에 한다"[1]고 하였고, 예수도 "좁은 문으로 들어가라. 멸망으로
인도하는 문은 크고 그 길이 넓다"(「마태복음」7. 13.~14.)고 한 것
이다. 비록 성실한 반복이 주요 방법이긴 하지만, 그것은 오랜 기간
수많은 고통을 인내해야 하므로 결코 쉬운 것은 아니다.

1~2번 코스에서 쉼을 주제로 했는데, 그것도 역시 몸으로 익히지 않
으면 안 된다. 우리나라에는 일 중독에 빠진 사람이 많다고 하는데, 그
것은 일하는 것이 몸에 익어서 그런 것이다. 삶을 위해서는 일이 몸에
익어야 하지만, 건강을 위해서는 쉬는 것도 몸에 익어야 한다.

---

1 『中庸』33: 人一能之, 己百之; 人十能之, 己千之.

이번 코스에서는 쉬는 것을 복습하는 것으로 한다. 그래서 무리하지 않도록 자주 쉬는 것이다. 차를 일광역 부근에 주차해놓고 6시 50분부터 걷기 시작하려는 데 해가 떠오르고 있었다. 바닷물에 반짝이는 햇빛은 언제나 봐도 새롭다. 이번에는 무릎 보호대와 스틱을 가지고 출발했다. 처음부터 오른쪽 발목과 무릎이 시근거린다. 점심을 먹고 나니 꾀병처럼 나왔다. 오늘 코스는 30㎞쯤 되는데, 고리원전 부근에는 해파랑길이 내륙으로 돌아가게 되어 있다. 기장군 일광해변에서 문중마을에 이르는 구간엔 유독 쉼터개념의 마을 정자가 많고, 그 옆 언덕에는 연보라색의 해국이 많이 피어 있다. 오늘따라 다리가 시근거리는데 잠시 앉아 해국을 보며 위안을 얻었다.

일광해변에서 본 동해일출

해변 멀리 고리원자력발전소가 보인다. 발전소 뒤쪽으로 난 봉태산 해파랑길을 걸어 넘어가니 새로 짓는 원전이 보인다. 이곳에서 쉴 새 없이 만들어지는 전기는 우리나라를 밝히고 공장을 돌리는 원동력이기 때문에, 직원들은 잠시도 긴장을 늦출 수 없을 것이다. 우리의 삶이란 매일 거의 같은 방식으로 반복된다. 그래서 습관을 중심으로 보면, 전문가란 어느 한 분야에 습관 들이기를 잘한 사람이다.

가을 해파랑길에서 제일 많이 보이는 꽃 중 하나가 해국이다. 부산에서 강원도 고성까지 곳곳에 군락을 이루어 피어 있는데, 간절곶良絶串에는 언덕이 온통 옅은 보라색 해국이다. 그래서 해국의 전설을 가지고 사詞를 한 수 지었다. 사는 슬픈 이야기를 소재로 할 때 많이 사용되는 운문 형식 중 하나이다. 사를 짓다 보니 마치 내가 죄를 지은 것 같은 감정이 들면서 울컥 눈물이 난다.

●

巫山一段雲, 海菊 해국   _2019.11.6. 南相鎬

파도 높게 이는데,
화 난 남편 멀리 떠나갔다네
매일 바다를 바라보며 돌아오길 기다리다
모녀는 결국 죽고 말았다네

뒤늦게 돌아와 보니 가족은 보이지 않고,
절벽에 핀 해국 예쁜 아내 얼굴 닮았네

임랑해변-진하해변

27

함박웃음 지으며 남편을 맞이하니
하늘이시여! 모녀에게 명복을 내려주소서

波浪高高起,　　　　　　　　파랑고고기,
悶夫去遠方.　　　　　　　　민부거원방.
看風觀海等回堂,　　　　　　간풍관해등회당,
終于母女亡.　　　　　　　　종우모녀망.

晩返家人不見,　　　　　　　만반가인불견,
懸壁菊如麗面.　　　　　　　현벽국여려면.
滿顏微笑接君來,　　　　　　만안미소접군래,
天乎賜福垂.　　　　　　　　천호사복수.

* 詞牌: 唐昭宗,〈巫山一段雲〉, 雙調四十六字, 前段四句三平韻, 後段四句兩仄韻、兩平韻
中仄平平仄, 平平中仄平* 中平平仄仄平平* 中中中中平* / 中仄中平中仄* 中仄中平中仄* 中
平中仄仄平平*換韻 中中仄中平*

　　간절곶은 동해안에서 해가 제일 먼저 뜨는 곳이라 한다. 해와 달
이 뜨면 사람들은 그 무엇을 희망하고 빈다. 그래서인가? 미래를 향
해 희망의 편지를 부치라고 집채만 한 우체통을 만들어 놓았다. 어린
이와 함께 온 어느 가족도 소망 우체통 앞에서 사진도 찍고 아이들과
함께한 이야기를 편지에 담아 보내는 것 같다. 나는 누구에게 무슨
편지를 쓸까?

해국의 전설

옛날 갯가에서 살던 어느 부부가 사소한 일로 다투게 되자 남편은 아무 말도 없이 배를 타고 다른 곳으로 떠나버리고 돌아오지 않았다. 아내는 딸을 데리고 매일같이 갯바위 위에서 남편을 기다리던 어느 날 파도에 휩쓸려 죽고 말았다. 후일 돌아온 남편은 이 사실을 알고 대성통곡했다. 남편은 매일 같이 갯가에 나가 멍하니 바다를 바라보던 어느 날 아내와 딸을 닮은 꽃을 발견했다. 그 꽃은 자기를 기다리다 숨진 아내와 딸의 화신이었다. 후일 사람들은 그런 안타까움을 알고 갯가에서 피었다 하여 해국(海菊)이라 하게 되었다 한다.

(출처: 월간원예 http://www.hortitimes.com)

일광해변의 연보라색 해국

임랑해변-진하해변

所望郵遞筒 소망우체통　　　　　　　　　　　　_2019.11.6. 南相鎬

아이가 편지 써서 미래로 부치는데
부모는 그 꿈 위해 두 팔을 부축이네
국화꽃 향기 풍겨 제비도 돌아갔으니
노인은 새봄에게 시를 지어 보내네

孩兒寫信寄來年, 父母迎虹扶兩肩.　　　해아사신기래년, 부모영홍부양견.
霜菊散香南燕返, 老人弄韻向春傳.　　　상국산향남연반, 노인농운향춘전.

　진하鎭下에 이르니 오늘 하루 힘들었던 여정이 되살아난다. 누가 걸으라고 시킨 것도 아닌데 또 한 코스를 다 걸었구나 하는 생각을 만족감으로 정리해본다.

이번 여정의 주제는 습관 들이기이었다. 그것은 그 무엇이 무의식
에까지 뿌리내릴 수 있도록 하는 것이 중요하다. 무엇을 습관 들일
것인가? 지정의의 작용 속에 내가 들어있기 때문에, 길들이기 해야
하는 것 역시 조화로운 지정의의 작용일 것이다. 그것도 하나의 생활
습관이 되면 자기 관리가 쉬워질 것이다. 하지만 때로는 습관에 의한
고정관념 때문에 새로운 생각을 하지 못하게 되어 위험하기도 하다.
그래서 언제든지 좋은 습관을 길들일 수 있는 내공을 습관 들이는 것
이 더 중요하지 않을까?

진하해변 — 일산해변

이번 트레킹의 주제는 '행복'이다. 아리스토텔레스는 『니코마코스 윤리학』에서 행복eudaimonia은 생애 전체를 최고선에 따라 살면서 한가하게 관조觀照할 때 얻어지는 것이라고 말했다. 즉 그가 말하는 행복은 자아실현과 자아성찰에서 얻어지는 것이다.

현대 심리학자들은 행복을 우리 뇌에서 분비되는 도파민·세로토닌·옥시토신·엔도르핀과 같은 물질의 작용으로 설명한다. 즉 도파민신경전달물질이면서 호르몬은 '내가 해냈어!'와 같은 성취감이 있을 때 분비되는 것이고, 세로토닌신경전달물질은 내가 남에게 인정받아 특별한 존재라고 인식할 때 분비되는 것이며, 옥시토신peptide 호르몬은 가족처럼 신뢰하는 사람과 함께 할 때 분비되는 것이고, 엔도르핀peptide 신경전달물질은 몸에 스트레스나 고통이 있을 때 견딜 수 있도록 일시적인 행복감을 주기 위해 분비되는 것이지만, 연극·영화·드라마·뮤지컬 등을 통해 신나게 웃고 울 때도 분비된다고 한다.

우리는 그 어떤 목표를 달성했을 때 성취감에 행복을 느낀다. 하지만 그런 성취감의 행복을 위해 그 무엇을 추구할 때, 그것이 과정의 고통을 유발하기도 한다. 그것이 내 것이 아니거나 얻기 어려운 것을 얻고자 할 경우에도 역시 고통이 따른다. 비록 원하던 것을 얻었더라도 얻는 순간 또 다른 목표가 생기게 되면 새로운 고통이 생긴다. 진정한 행복을 위해서는 다시 아리스토텔레스의 행복론으로 돌아가야 하나?

2019.11.5. 1시에 승용차로 춘천에서 출발하여 울산 태화강변에 이르니 길거리가 어둡기 시작했다. 태화루太和樓를 보기 위해 태화루 부근 식당에서 저녁 식사를 하고 야경을 보러 갔다. 태화루가 위용을 뽐낸다. 『삼국유사』에 의하면, 태화루는 신라 선덕여왕 때 자장율사(慈藏律師, 590~658)가 세운 것이라 하는데, 임진왜란 때 불타 없어진 것을 500억 원을 들여 2014년에 복원한 것이다. 태화루는 경상도에서 진주의 촉석루, 밀양의 영남루와 더불어 3대 명루 중 하나로 손꼽힌다.

고려 말의 설곡 정포(雪谷 鄭誧, 1309~1345)는 울산팔경시를 지었는데, 그중 한 곳이 태화루이다. 다음 시는 그가 울산에서 유배 생활할 때 그를 위로하러 찾아온 친구를 만나 기쁨과 송별하는 아쉬움을 나눈 것이다. 그리고 고려 말 조선 초기의 김극기(金克己, 1379~1463) 역시 태화루시서太和樓詩序와 함께 시를 지었으며, 조선 중기에 울산부사를 지냈던 청대 권상일(淸臺 權相一, 1679~1759)은 불타 없어진 누각을 생각하며 안타까움을 노래하였는데, 다음과 같다.

太和樓送海峰

태화루에서 해봉을 송별하다 　　　　　　설곡 정포 (雪谷 鄭誧, 1309~1345)

술잔 받쳐 들고 상봉하던 곳

가을도 다 끝나려 하네

강산이 맑은 것은 그림 같고

세월 빠른 것은 물 흐르는 것 같구려

보내는 내 마음 어찌 만족하랴만

그대가 떠나려 함 오래 머물렀다 하기 때문이라 하네

저녁 햇빛 마주 잡은 두 사람 소매를 비추는데

함께 태화루에 기대어 보네

울산 태화루 야경

尊酒相逢地, 秋風欲盡頭.　　　존주상봉지, 추풍욕진두.
江山清似畫, 光景疾如流　　　강산청사화, 광경질여류.
吾意何由滿, 君行不少留.　　　오의하유만, 군행불소류.
斜陽照執袂, 共倚大和樓.　　　사양조집메, 공의대화루.

●

太和樓　태화루 ___ 김극기 (金克己, 1379~1463, 우왕5년~세조9년)

쓸쓸한 숲속의 태화사
높이 구름언덕에 기대어 있네
북쪽엔 푸른 옥 같은 산을 두르고
남쪽엔 대숲과 강물을 입었네
구슬 같은 샘물 뚝뚝 떨어지는데
창 같은 바위 높이 솟아 있네
숲속 길 호랑이 나타날 것 같아선가
연못은 거위를 보호하네
난간에 비치는 뜨거운 볕 적은데
누각으로 들어오는 상쾌한 바람 소리 많이 들리네
이렇게 산중의 즐거움 마음껏 즐길 수 있으니
누가 다시 그에게 안부를 묻겠소

寂廖林下寺, 高倚白雲阿.　　　적료임하사, 고의백운아.
北帶青瑤嶂, 南襟綠簞波　　　북대청요장, 남금록단파.
濺珠泉滴滴, 森戟石峩峩.　　　천주천적적, 삼극석아아.
蘇徑行降虎, 荷池坐護鵝.　　　소경행강호, 하지좌호아.
炎光侵檻少, 爽籟入樓多.　　　염광침함소, 상뢰입루다.
飽得山中樂, 誰能更問他.　　　포득산중락, 수능갱문타.

訪太和樓遺址感, 次前人韻
태화루 옛터의 방문감상, 차운시　　청대 권상일 (清臺 權相一, 1679~1759)

유허지는 단지 태화루가 있었다고 말하는데
강물은 도도히 밤낮으로 흐르네
후대의 내가 어찌 그 당시 일을 알리오
빈 배만 일없이 옛 나루에 매여 있네
저녁연기 집집이 피어오르는 교외의 풍경이라
써늘한 낙엽 절벽을 가을로 단장하네
예부터 흥망성쇠 모두 운명으로 정해진 것이라니
오호! 좋은 술로 시름 씻어보네

遺墟只說太和樓, 江水滔滔日夜流.　　유허지설태화루, 강수도도일야류.
遠客豈知當日意, 虛舟謾繫古津頭.　　원객기지당일의, 허주만계고진두.
晚煙鋪作平郊色, 凉葉粧成滿壁秋.　　만연포작평교색, 양엽장성만벽추.
從古廢興皆有數, 且呼芳酒滌閒愁.　　종고폐흥개유수, 차호방주척한수.

　5시간을 운전하고 왔지만 아름다운 태화루의 야경에 취해 피곤한 줄도 몰랐다. 울산시내 대로찜질방(10,000원)으로 가서 선현들의 시를 감상하며 태화루 야경을 배경으로 한 수 지었다.

太和樓 울산 태화루　　　　　　　　　　　2019.11.5. 南相鎬

황용연 언덕에 새 누각 서 있는데
밤중의 단청은 비색의 비단 같네요

길거리 차들 꼬리 물고 가는데
정원의 노인 한가함 즐기네요
황혼의 국화 맑은 향기 흩어지는데
달빛 아래 대숲 정숙한 기운 머무네요
고품격의 위용 정성스레 복원하니
꿈꾸는 오리 물놀이 하며 다시 유유히 흐르네요

龍淵壁岸有新樓, 深夜丹靑秘色紬.　　용연벽안유신루, 심야단청비색주,
馬路行車連尾去, 庭園老客樂閑遊.　　마로행차연미거, 정원노객낙한유,
黃昏野菊淸香散, 月下靑篁淑氣留.　　황혼야국청향산, 월하청황숙기류,
高格威容誠復建, 夢鳧玩水再悠悠.　　고격위용성복건, 몽부완수재유유.

울산 태화루 야경

진하해변－일산해변

2019.11.6. 일광에서 진하까지 걷고 난 다음 울산으로 돌아오니 4시쯤 되었다. 어제저녁에 보지 못한 태화강변 십리대숲 길과 공원을 걸었다. 이곳은 최근 제2국가정원으로 지정되어 울산이 자랑하는 국가적인 명품 공원이다. 공원의 가장 큰 특징은 하늘을 향해 곧게 뻗은 대나무길이다. 대숲 길은 전체 2㎞가 채 안 되지만 중요한 것은 왕대나무의 힘찬 기상이다. 그래서 옛 선비들이 대나무의 기상을 가슴속에 품고 살았겠구나 생각이 든다. 그래서 지금도 십리대숲길은 길이 아니라 학교이고, 대나무는 나무가 아니라 스승이다.

태화강 십리대숲 길

太和江十里篁途 태화강 십리대숲 길　　　　　2019.11.6. 南相鎬

사계절 늘 푸르름 겨울에도 굴하지 않고
바깥은 둥글고 곧으며 안은 비어 있네
옛사람들 일찍이 참 군자 알아보고
초목을 스승 삼았으니 자연의 섭리와 통하였네

四季常靑不屈冬, 外身圓直內心空.　　사계상청불굴동, 외신원직내심공.
先人早識眞君子, 草木爲師與一通.　　선인조식진군자, 초목위사여일통.

　　태화강변 국가정원의 대숲 옆에는 울산부사를 지낸 박취문(朴就文, 號 晩悔, 1617~1690)이 세웠다고 전해지는 만회정晩悔亭을 새로 지었는데, 그곳에서는 노인들이 한가히 장기를 두고 있다. 대숲 가에 대나무를 엮어 만든 정자가 눈길을 끈다.

대나무를 엮어 만든 정자

진하해변-일산해변

39

태화강변 십리대숲길 옆 만회정(晚悔亭)

晚悔亭 만회정에서　　　　　　　　　　　2019.11.6. 南相鎬

강변의 백로 지는 노을 바라보는데
정자의 장기 두는 노인들 열을 올리네
대숲의 기운 햇빛처럼 뼛속까지 스미니
먼 데서 온 길손 집에 갈 줄 모르네

江邊白鷺佇觀霞, 亭上棋人一直嘩.　　강변백로저관하, 정상기인일직화.
綠氣如陽侵骨髓, 遠方老客忘歸家.　　녹기여양침골수, 원방노객망귀가.

太和江 태화강

2019.11.6. 南相鎬

대나무 푸르게 태화강에 드리우니
물고기는 하얗게 하늘로 뛰어오르네
새로 지은 누각 고풍스러움 고운 색깔 발하고
서산의 석양 시내 붉게 물들이네

竹葉青青垂水宮, 銀魚白白躍天空.　죽엽청청수수궁, 은어백백약천공.
新樓古色發鮮彩, 西嶂夕陽染市紅,　신루고색발선채, 서장석양염시홍.

이번 여정의 주제는 행복이었다. 우리의 행복은 그냥 얻어지는 공짜가 아니다. 공단에서의 노고는 물론 환경오염도 감당해야 하고, 도시에서의 극렬한 경쟁과 다툼도 불사해야 한다. 오늘 태화강 정자에 앉아 얻은 달콤한 휴식도 새벽 5시에 일어나 6시 50분 일광에서 걷기 시작하여 진하를 거쳐 이곳까지 달려온 노고의 덕일 것이다. 그러다가 진정한 행복이 무엇인지는 생각도 못 했다. 5~6번 코스는 공단 지역을 통과해야 하고, 7~8번 코스는 울산 시내를 통과해야 하는데, 이번 여행에서는 태화루 주변과 태화강국가정원만 돌아보는 것으로 마무리한다.

일산해변 – 감포항

Course 9 일산해변 ▶ 정자항 19km
Course 10 정자항 ▶ 나아해변 13.9km
Course 11 나아해변 ▶ 감포항 18.9km

이번 트레킹의 주제는 '그림자'이다. 『장자』「제물론」에 그림자 이야기가 나온다. "망량魍魎이 그림자에게 물었다. 조금 전엔 네가 가더니, 지금은 서 있고, 조금 전에는 앉아 있더니, 지금은 일어나니, 어찌 그렇게 지조가 없는가! 그림자가 말했다. 나에게는 의지하고 있는 것이 있어서 그렇다. 내가 의지하고 있는 것도 역시 의지하고 있는 것이 있어서 그럴 것이다. 내가 의지하고 있는 것은 (몸통에 의지하고 있는) 뱀의 비늘, 쓰르라미의 날개와 같다. 어찌 그런 까닭을 알고, 어찌 그렇지 않은 까닭을 알겠는가!"[1] 망량은 그림자의 바깥 그림자, 즉 그림자 외곽에 생기는 희미한 제2의 그림자를 말한다. 바깥 그림자가 속 그림자에게 누굴 따라 하는 것이냐고 비웃지만, 그림자의 주인인 사람 역시 누군가에게 의존해 있기 때문일 거라고 우회적으로 비판한 것이다.

---

1 『莊子』「齊物論」: 罔兩問景曰: 曩子行, 今子止; 曩子坐, 今子起, 何其無特操歟? 景曰: 吾有待而然者耶. 吾所待又有待而然者耶. 吾待蛇蚹蜩翼耶, 惡識所以然, 惡識所以不然.

일산해변–감포항

43

그림자의 본체가 바로 나 자신이라고 할 때, 과연 나는 어떨까? 나는 진정 나 자신의 주인으로서 주체성을 가지고 이 길을 걷고 있다고 할 수 있을까? 처음에는 친구의 권유로 해파랑길을 걷게 되었고, 걷다 보니 해파랑길에 중독되어 나도 모르게 걷고 있으니 나도 의지하고 있는 게 있는 것이다. 그렇게 정신없이 걷는다면 망량과 다를 바 없을 것이다. 이런 성찰을 하는 순간만이라도 나는 나를 온전한 정신으로 보고 있는 것일까?

나의 그림자

2019.11.7. 아침 6시 반에 일산해변 식당에서 해장국(8,000원)을 먹고 50분에 출발하는데 태양이 구름 속으로 떠오르고 있었다. 해파랑길 찾는 게 쉽지 않을뿐더러 가는 길도 삶의 현장을 체험하는 것 같았다. 해파랑길이 시내를 관통하기 때문에 길에는 수많은 사람이 걷거나, 자전거·오토바이·버스를 타고 출근한다.

1시간 반 정도를 걸은 후에 봉대산을 따라 난 자동차 고갯길을 넘어가 한적한 주전항에 이르게 되었다. 이미 쉴 시간도 넘었고 지쳐서 정신도 없었다. 그래서 커피숍에서 아메리카노 한 잔(5,500원) 마시다 보니, 남쪽으로 현대중공업 앞바다에는 풍력발전 바람개비가 천천히 돌고 있는 것이 보였다. 전쟁터 같은 삶의 현장을 지났기 때문

주전해변의 해와 바다

인가 한숨 돌리는 느낌이다. 다들 고생하는데, 나 홀로 이렇게 돌아다니는 게 미안한 생각이 든다. 이런 미안함은 생존불안에서 오는 것일까, 아니면 양심불안에서 오는 것일까?

주전해변에는 모래는 거의 없고 몽돌만 있다. 이곳 주전 몽돌해변은 울산 12경 중 하나인데, 파도에 밀리는 몽돌은 자그락~ 자그락~ 타다닥~ 타다닥~ 소리를 낸다. 주전항 선착장에는 배들이 부두 위로 올라와 쉬고 있다. 온갖 풍랑 속에서 힘들게 일하다가 잠시 쉬는 모습이 휴가를 즐기는 것처럼 보인다.

12시 15분 정자항에 도착하여 회덮밥(15,000원)을 먹었다. 해변에는 어디든 마찬가지로 물회 아니면 회덮밥뿐이다. 어쩔 수 없다. 점심을 먹고 강동화암주상절리江東花岩柱狀節理를 본 다음, 양남에서 버스를 타고 일산해변으로 돌아왔다. 중간에 버스를 갈아타야 하는데 가는 방향을 몰라 반대 방향으로 가다가 되돌아왔다.

오늘 26km를 걸으며 처음에는 왼쪽 발목과 무릎이 시근거려 스틱으로 버텨가며 걸었다. 1시간 반을 걸은 후 비로소 몸이 풀렸는지 스틱을 짚지 않게 되었다. 다리가 힘들 때 쉴 수 있는 어촌에 정자가 있어 틈틈이 쉴 수 있어 좋았고, 길을 갈 때는 해파랑길 가의 향긋한 노란 들국화와 연보라색의 해국으로부터 위안을 얻었다.

2019.11.8. 아침에 일어나보니 6시 반이다. 양남해수온천랜드(8,000원)에 차를 두고 7시부터 걷기 시작했다. 오늘은 감포항까지 걷는 것이다. 오늘 25km 정도를 걸어야 하는데 걱정이 앞선다. 다행히 발목과 무릎 시근거리는 것이 거의 없어 처음부터 그냥 걸을 수 있었다.

2km쯤 걸었을까, 영화에도 등장하는 유명한 경주양남주상절리가 보인다. 잠시 돌아보고 걷다 보니 읍천해변에 이르렀다. 해변에는 설화 속 이야기를 형상물로 만들어 놓았다. 곳곳에 뭔가 재미있는 이야기를 길손들에게 해주려는 것 같다. 읍천해변 뒤쪽에는 월성원자력발전소가 멀리 보인다. 원자력발전소 부근에는 신라 탈해왕의 탄생지라는 안내판이 서 있다.

경주 양남 주상절리

하천을 따라가는데 하천을 건너가는 다리가 해파랑길 같다는 생각도 들었지만, 자전거길을 따라갔다. 한참 가다가 아닌 것 같아 다시 자동차전용도로를 따라갔다. 그런데 가야 할 길은 2,430m나 되는 봉길터널이다. 나중에 확인해보니 11번 해파랑길이 봉길터널을 지나는 것으로 되어 있었고, 대부분의 사람이 차로 이동하였다.

나는 만만히 보고 터널을 걸어서 통과하기로 했다. 하지만 터널 안에는 매연을 뽑아내는 팬 소리와 대형자동차가 지날 때 나는 소음에 기절할 것 같았다. 가도 가도 끝이 보이지 않는다. 이러지도 저러지도 못하는 상황, 앞으로 나갈 수밖에 없다. 누군가 앞서 지나간 여러 사람의 발자국도 보이지만, 나는 이 길을 조금도 추천하고 싶은 생각이 없다. 위험천만하고 고통스럽기 때문이다.

천신만고 끝에 터널을 빠져나오니 봉길해변이 보인다. 해변 멀지 않은 곳에 바위섬이 보인다. 표지판을 보니 대왕릉이라 한다. 문무왕이 사후에 바다의 용이 되어 나라를 지키겠다고 하여 장례를 지낸 곳이다. 그 이야기는 지금도 사람을 감동시키는 하나의 역사가 되었다.

이견대에서 바라본 대왕암

해변 곳곳 가게에는 방생용 물고기를 팔고 있고, 해변 한쪽에는 무속인이 한 여인 앞에서 칼을 가지고 퇴마의식을 행하고 있다. 문무대왕이 해룡이 되었다고 하니 그의 힘을 빌려보려는 것일까? 9시가 넘었는데 아침 식사를 하지 못해 그곳 식당에서 회덮밥(12,000원)을 시켰다. 해변에서는 아침 식사도 회덮밥이나 물회뿐인데, 매운탕도 함께 해주어 잘 먹었다.

　식사 후 감은사 탑을 보러 갔다. 문무왕文武王의 아들 신문왕神文王이 아버지의 명복을 빌고 해룡이 되어 절을 오갈 수 있도록 통로도 만들었다고 한다. 만파식적萬波息笛 설화도 생겨났다. 만파식적은 국가를 위한 아버지 문무왕의 애국심과 아버지를 위한 아들 신문왕의 효심이 그대로 반영된 이야기 같다. 아들은 감은사 해변 산록에 이견대利見臺를 지어 아버지의 수중릉을 볼 수 있게 하였다.

감은사 3층 석탑

利見臺 이견대　　　　　　　　　　_오천 이문화 (烏川 李文和, 1358~1414)

신라 군왕 신문왕도 효자대에서
지금처럼 올라와 이끼 낀 부왕의 왕릉을 보았겠지
오색 깃발과 깃털 덮개 보며 간장이 끊어졌겠지만
높은 집과 아로새긴 담장의 터도 저절로 무너지는 법
은하수엔 북두칠성 분명히 보이듯
안개 낀 파도 신선의 세계처럼 보이네
가련하구나! 파도 위의 갈매기들
조수가 들락날락해도 여전히 돌아오는구나

羅代君王孝子臺,如今登眺已封苔.　　나대군왕효자대, 여금등조이봉대.
霓旌羽蓋腸堪斷, 峻宇雕墻址自頹.　　예정우개장감단, 준우조장지자퇴.
雲漢分明看北斗, 煙濤髣髴望東萊.　　운한분명간북두, 연도방불망동래.
可憐波上白鷗鳥, 潮去潮來依舊廻.　　가련파상백구조, 조거조래의구회.

이견정(利見亭), 본래는 이견대(利見臺)

이견(利見)이란 『주역』 「건괘」 제5효의 효사에 나오는 말로서 '큰 덕을 가진 사람을 만나 천하의 일을 함께 도모하는 것이 이롭다'는 뜻이다. 즉, "날아오른 용이 하늘에 있으니, 대인을 만나는 것이 이롭다."[2]는 것이다. 신문왕이 『주역』의 말을 인용하여 정자 이름을 지었다면, 비룡飛龍은 아버지 문무왕을 말하고, 대인大人은 당시 천하의 인재를 말할 것이다. 신문왕이 하나의 정자를 지으면서도 천하의 인재를 모아 정치하겠다는 의지를 표현한 것이다. 1970년에 이견대의 터를 발굴하여, 1976년에 건물을 새로 짓고 이름을 이견정利見亭으로 바꾸었다. 대臺나 정亭은 모두 정자를 말하는 것이다.

●

利見臺 이견대   2019.11.8. 南相鎬

문무대왕 해룡 되어 나라 지키니
피리 소리도 왜적을 물리쳤다네
고금의 치국 다름이 없는 것
백성을 평안히 살게 하는 것이 근본

文武大王化海龍, 萬波息笛退東匈.   문무대왕화해룡, 만파식적퇴동흉.
古今治國無相異, 安食爲天是大宗.   고금치국무상이, 안식위천시대종.

* 만파식적(萬波息笛): 『삼국사기(三國史記)』와 『삼국유사(三國遺事)』에 나오는 고사이다. 만파식적의 피리는 신문왕(神文王)이 동해안의 대나무로 만든 것인데, 그것을 불면 쳐들어왔던 적병이 돌아가고 파도가 가라앉았다고 한다.

---

2 『周易』 「乾卦」 九五: 飛龍在天, 利見大人.

이견대에서 감포까지는 8㎞이다. 오늘은 다리가 괜찮아 감포까지는 문제가 없을 것 같다. 동해안의 어촌은 개인의 집은 허술해도 해신당은 단청도 했다. 해신당 옆의 소나무도 덕분에 장수를 누리고 있다. 험한 바다에서 어로작업에 문제가 없고 물고기도 많이 잡게 해달라고 비는 곳이기 때문일 것이다. 멀리 감포항이 보이는 해변 언덕에는 연보라색의 해국이 만발해 있다. 감포항에 이르러 12시 반이 되어 복어 맑은탕(15,000원)을 먹었다. 양남으로 직접 가는 버스가 언제 올지 몰라서 자주 다니는 경주 방향 버스를 타고 경주에서 중간에 환승하였다. 양남해수온천랜드에 오니 2시 반이 되었고, 춘천으로 돌아오니 7시 반이 되었다.

이번 여정의 주제는 그림자이었다. 과연 지금까지 누가 해파랑길을 걸어온 것인가? 누가 걷는지도 모르게 아무 생각 없이 걸은 것도 있고, 힘들어도 끝까지 참으라고 하는 마음도 있으며, 배고파 빨리 가서 점심 먹자는 마음도 있었다. 그뿐만 아니라 나를 자석처럼 끌어당기는 해파랑길의 매력 등은 모두 장자가 말하는 망량罔兩이었을 것이다. 하지만 그림자는 유일한 길동무로서 동행하며 힘든 나를 위로해주었다고 생각한다. 사람들이 그것을 그림자라 할지라도, 그 또한 나의 모습이라고 생각한다. 작용 자체를 본체로 본다면, 지정의의 작용 배후에 있다는 본체가 오히려 그림자가 아닐까?

감포항-흥환해변

　　이번 트레킹의 주제는 '진정성'이다. 진정眞情이란 있는 사실 그대로를 말한다. 내 마음이 갖추어야 하는 진정성은 과연 어떤 것인가? 그것은 이제껏 풀지 못한 필자의 과제 중 하나이다. 만약 내가 어떤 진정성을 가지고 있다면, 그것은 내가 먼저 검증하고 스스로 인정할 수 있어야 한다. 자신이 생각해도 아니면 남 역시 공감할 수 없기 때문이다. 그러면 어떻게 할 것인가?

　　『대학』에서는 "성의誠意라는 것은 자기의 도덕 양심을 속이지 않는 것인데, (본능적으로) 악취를 싫어하고 좋은 짝을 좋아하듯 하는 것이다. 이것을 '스스로 족하다'고 하는 것이다"[1]라고 한다. 우리가 자연스레 본능에 따르듯, 그렇게 본성을 따라야 한다는 것이다. 그래서 유가의 진정성은 도덕 의지 주도형에 속하는 것이다.

---

1 『大學』 6章: 所謂誠其意者, 毋自欺也, 如惡惡臭, 如好好色, 此之謂自謙.

진정성과 관련된 두 가지 이야기를 사례로 들 수 있다. 하나는 왕양명의 용장오도龍場悟道이고, 다른 하나는 아프리카 야생표범연구가의 이야기이다. 첫째, 왕양명이 귀주 용장에 파견되었을 때의 경험이다. 명나라 때까지만 해도 그곳은 식인풍습이 남아 있어 살벌한 곳이었는데, 왕양명이 진정으로 주민을 대하자 위협하지 않는 것은 물론 일반인과 다름없이 선량하다는 것을 알았다. 그래서 그는 "성인의 도는 나의 본성에 스스로 충분하므로, 바깥 사물에서 이치를 구하는 것은 잘못이라는 것을 깨달았다"[2]고 말했다. 둘째, 한 야생표범연구가는 어미 표범과 5마리 새끼를 일 년 동안 추적하며 가까이 지냈다. 새끼가 다 성장하자 어미는 떠나고 새끼는 홀로서기를 하게 되어 촬영을 마쳤다. 그 후 일 년이 지난 다음 다시 새끼표범을 찾아갔는데, 표범이 그를 알아보고 다가와 혀로 그의 얼굴을 핥아주었다는 것이다. 이 두 경우 모두 진정성이 무엇인가 보여주는 하나의 사례가 될 것이다. 진정성의 기초가 전자의 경우는 도덕 본성이지만, 후자는 후천적으로 형성된 상호 신뢰감이다.

　진정성을 항상성 중심으로 보면, 사람은 기계와 비교할 수도 없다. 사람들이 칸트의 산보 시간에 자기 시계를 맞추었다지만, 칸트는 자기 시계에 산보 시간을 맞추었기 때문이다. 그래서 우리가 진정성에 항상성을 갖추기 위해서는 성실하게 성덕誠德을 쌓아야 한다. 비록 도덕 본성에 따르면 항상성을 확보할 수 있다고 하더라도 그것이 기계처럼 일정할 수는 없을 것이다.

---

2 『王陽明全書』「年譜」37歲在貴陽: 始知聖人之道, 吾性自足, 向之求理於事物者, 誤也.

진정성을 지성 중심으로 말하기도 하고, 감정 중심으로 말하기도 하며, 의지 중심으로 말하기도 한다. 특히 많은 사람이 감정적으로 진실하다고 공감이 되면 상대를 믿는데, 그것은 감정을 중심으로 한 것이다. 그런 감정을 '감정적 자아'라고 보는 학자도 있는데, 그것은 '사회적 자아'인 동시에 '육체화된 자아'라는 것이다.[3] 왜냐하면 "지각은 있어도 신체 변화 상태가 따르지 않으면 그 지각은 순전히 인지적인 것으로 머물러 창백하고 색채 없고 정서적 온기가 결핍된 것"[4]이기 때문이다. 그 무엇을 몸으로 느끼지 못하면 제대로 아는 것이 아니기 때문이다. 그러면 의지의 정향定向, 지성의 분별分別, 감정의 감동感動이 일체가 되어 심지체감心知體感할 수 있다면 진정성이 향상되었다고 할 수 있을까?

2019.12.4. 새벽 4시 춘천에서 출발하여 포항 양포항에 도착하니 9시가 되었다. 포항을 지나 양포항으로 가는 길에 잠시 장기長鬐에 있는 유배문화체험촌을 들렀다. 그곳이 우암 송시열(尤庵 宋時烈, 1607~1689)과 다산 정약용(茶山 丁若鏞, 1762~1836)의 유배지였기 때문이다. 우리의 인생살이 언제 어디인들 고통이나 죽음이 없을까마는 유배流配는 참기 힘든 고통스런 형벌이었을 것이다. 조선 시대의 유배는 태형笞刑·장형杖刑·도형徒刑·유형流刑·사형死刑의 오형五刑 중 사형 다음으로 중한 형벌이었기 때문이다.

---

3 데버러 럽턴 지음, 박형신 역, 『감정적 자아』(The Emotional Self: A Sociocultural Exploration), 한울아카데미, 2016, 참조.
4 윌리엄 제임스 저, 정양은 역, 『심리학의 원리』, 서울: 아카넷, 2005, 2041쪽.

유배를 하나의 역사로 바라보는 나는 그들의 고통을 이해하지 못한다. 하지만 난세에 충신이 난다는 말처럼, 그들을 대학자로 키운 것은 아이러니하게 그런 유배 생활이 아니었을까? 결과적으로 유배는 두 학자를 일체 세상일로부터 격리함으로써 학문에만 집중할 수 있도록 만들었기 때문이다. 학자로서의 자기 신념을 지키다 보면 현실과 맞지 않아 고난을 겪는 경우가 있다. 우암은 끝내 사약을 받았지만, 그의 철학은 직철학直哲學이라 할 정도로 곧음을 주요 개념으로 하였다.

유배문화체험촌 앞 시설물에는 다산의 고시 27수 중 한 수가 적혀 있다. 제목도 없고, 시의 배경도 이곳 장기인지는 알 수 없지만 한 수를 보면 다음과 같다.

포항시 남구 장기면 송시열, 정약용의 유배지

가지 늘어진 정원의 대나무
말쑥한 자태 너무나도 소박한데
지방 사람들 대나무 소중한 줄 모르고
대를 베어 채마전 울타리를 만든다네
네가 북쪽 지방에 태어났더라면
사람들이 왜 너를 사랑하지 않았겠냐
잎새 하나라도 다칠세라
갔다가 다시 와 보살펴주련만

舟舟園中竹, 修節擢澹素.   염염원중죽, 수절탁담소.
土人不重竹, 伐竹爲樊圃.   토인부중죽, 벌죽위번포.
苟汝生北方, 豈不人愛護.   구여생북방, 기불인애호.
一葉疑有損, 旣去復來顧.   일엽의유손, 기거부래고.

송시열의 유배지

流配 유배

_2019.12.4. 南相鎬

유배도 하나의 형벌인데
나는 감히 좋은 기회라 말하겠다
가시나무 울타리가 세상일을 차단해주어
격물치지에 전념할 수 있었으니

流配一刑罰, 敢言是好機.　　　　유배일형벌, 감언시호기.
圍籬遮世事, 格物可深思.　　　　위리차세사, 격물가심사.

　　9시 반 양포항에서 시내버스를 타고 지난번에 멈춘 감포항으로 갔다.
감포항에서 10시부터 걷기 시작하여 12시에 양포항으로 다시 돌아
왔다. 양포항에서 회덮밥(15,000원)을 먹고 1시에 구룡포를 향해 갔다.
장기천 하구 해변에는 바위섬이 세 개가 있다. 물과 흙도 없어 보이
는 바위섬 위에 소나무가 사는 모습이 대단하게 보인다.

　　최남선(崔南善, 號 六堂, 1890~1957)은 조선십경 중에 이곳 장기일
출長鬐日出을 넣었다. 조선십경은 천지신광(天池神光: 백두산 천지의
신비한 풍광), 압록기적(鴨綠汽笛: 압록강 기선의 기적소리), 대동춘
흥(大同春興: 대동강 봄의 흥취), 재령관가(載寧觀稼: 황해도 구월산
농선령 풍경), 연평어화(延坪漁火: 연평도 조기잡이 어선 불빛), 변산
낙조(邊山落照: 변산 앞바다의 해넘이), 제주망해(濟州茫海: 제주도의
망망대해), 장기일출(長鬐日出: 장기에서 뜨는 아침 해), 경포월화(鏡
浦月華: 경포호 수면에 비친 달), 금강추색(金剛秋色: 금강산의 단풍)
이다. 이렇게 한반도 전체의 10경 중 하나로 꼽혔으니 명소인 것이다.

정약용의 유배지

장기 일출암

감포항–흥환해변

3시 반이 되어 양포항으로 돌아가는 버스를 타기 위해 모포항에서
걷기를 중단했다. 30분을 기다려도 버스가 오지 않아 지나가는 승용
차를 향해 손을 흔들었지만 모두 그냥 지나가 버린다. 하는 수 없이
걸어서 지는 해를 바라보며 급한 마음으로 산을 넘어 3km쯤 갔는데
다행히 버스가 왔다.

長鬐日出岩松 장기의 일출암 소나무   _2019.12.4. 南相鎬

바위섬 절벽 푸른 소나무 갈증을 겪는데
구름 실은 시냇물 바위를 돌아가네
노인께서 해 맞아 소망을 비시는데
"혹시 나를 위해 기우제 지내줄 생각 없으시오?"

絶壁青松受渴症, 載雲川水轉岩稜.　절벽청송수갈증, 재운천수전암릉.
老人迎日祈希望, 或是爲吾祭雨興.　노인영일기희망, 혹시위오제우흥.

　해가 이미 넘어가서 어두워졌지만, 17번 코스에 속하는 영일만 해변에 지은 영일대迎日臺를 보러 갔다. 영일대는 바다 위에 전면 5칸에 측면 4칸의 2층 누각으로 지어진 것인데, 사진으로 본 것보다는 훨씬 소박하고 잘 지었다. 그뿐만 아니라 그것은 한국 최초의 해루海樓로서 시민들의 휴식 공간으로 아주 훌륭하다. 하늘엔 반달이 떴지만 포항제철과 도심 불빛에 오히려 희미하게 보이고, 영일만에 비친 불빛 그림자가 현란하게 밤을 수놓는다. 포항과 울산은 대한민국의 보물공장이다.

영일대 야경

迎日臺 영일대   2019.12.4. 南相鎬

달밤의 새 정자 바다의 궁전
다리 등불 오색찬란하여 기둥도 아름답네
옷깃 여미고 아래를 보며 파도 소리 들으니
여독도 한순간에 사라지네

月夜新臺海上宮, 橋燈燦爛柱欄紅.   월야신대해상궁, 교등찬란주난홍.
整衿觀下聽波韻, 走路疲勞一瞬空.   정금관하청파운, 주로피로일순공.

　2019.12.5. 아침 5시에 일어나 길을 나서니 6시가 조금 넘었다. 아침 식사할 곳을 찾으니 24시간 해장국집이 보인다. 요즘엔 24시간 업소가 많이 생겨 여행자에게는 좋다. 식사 후 구룡포항으로 갔다. 7시 20분에 항구에 도착하자마자 해가 뜬다. 지난 10월 6일보다 1시간이 늦어졌다. 어제 걷다 중단한 코스를 향해 가다가 되돌아왔다. 그곳은 그냥 건너뛰고 바로 14번과 15번 코스를 가기로 했다. 어디를 가든 걷는 것이 중요하기 때문이다.

　호미곶 虎尾串으로 가는 해변 곳곳에 꽁치 과매기 덕장이 있다. 집집이 소규모로 하는 곳이 많다. 갈매기가 물어갈까 봐 그물을 치거나 매 형상의 연도 매달아 놓았다. 그런데 정작

구룡포 꽁치 과매기 덕장

식당에서는 과메기를 먹어보기 어렵다.

호미곶해맞이광장에 도착하니 10시 45분이 되었다. 중간에 다리가 시큰거려 조금 쉬었지만 대체로 상태가 좋았다. 시내버스를 타고 구룡포항으로 돌아오니 11시 반이었다. 회덮밥(15,000원)을 먹고 다시 호미곶으로 갔다. 호미곶 부둣가에 차를 주차해놓고 흥환간이해수욕장 쪽으로 갔다. 시내버스가 하루에 한두 번 정도 다녀서 중간에 있는 대동배 2리까지 6㎞를 걸어갔다가 호미곶으로 다시 되돌아왔다. 왕복 12㎞를 걸었다. 오후 3시에 호미곶을 출발하여 춘천에 도착하니 9시가 넘었다.

이번 여정의 주제는 진정성이었다. 진정성은 수신과 실천 상 갖추어야 하는 제일 덕목인데, 내 마음이 진정성을 갖추기 위한 실천적 방법에는 어떤 것이 있을까? 필자는 그중 하나가 시를 활용한 시적 방법이라고 생각한다. 공자는 "흥어시, 입어예, 성어악."興於詩, 立於禮, 成於樂.[5]이라고 말했다. 이 문장에는 목적어가 생략되어 있는데, 공자의 주개념인 인仁을 목적어에 대입하면, "(어진 마음을) 시를 통해 일으키고, 예를 통해 바르게 정립하며, 음악을 통해 완성한다"고 번역할 수 있다. 하지만 시에는 이미 지정의 3요소를 다 갖추었기 때문에, 예악의 기능을 갖춘 것이다. 그래서 공자가 『시경』의 시 삼백 수를 한마디로 사무사思無邪라고 정의한 것처럼, 시를 통해 정신을 정화하고 지정의를 조화롭게 하면 진정성을 쌓아갈 수 있지 않을까?

---

5 『論語』「泰伯」8

흥환해변 - 강구항

2019.12.11. - 12.13. Course 16 흥환보건소 ▶ 송도해변 23.3km
Course 17 송도해변 ▶ 칠포해변 17.1km
Course 18 칠포해변 ▶ 화진해변 19.4km
Course 19 화진해변 ▶ 강구항 15.7km

이번 트레킹의 주제는 '고독'이다. 고독과 비슷한 말에는 외로움이 있다. 고독이나 외로움은 모두 혼자 있을 때의 마음을 말하는 것이지만 사용 의미는 다르다. 폴 틸리히(Paul Tillich, 1886~1965)는 "외로움이란 혼자 있는 고통을 표현하기 위한 말이고, 고독은 혼자 있는 즐거움을 표현하는 말"[1]이라고 하였다. 즉 혼자 있어 고통이 생기면 외로움이고, 즐거움이 생기면 고독이 된다는 것이다. 사람들은 혼자 있음이 외로워 싫어하지만, 비록 외로움이라도 친해져야 하고, 그러다 보면 고독으로 전환되어 즐길 수 있다. 그래서 쇼펜하우어(Arthur Schopenhauer, 1778~1860)도 "고독은 탁월한 위인들의 운명"[2]이라 했나?

---

1 정재찬, 『그대를 듣는다』, 135쪽에서 재인용.
2 정재찬, 『그대를 듣는다』, 134-135쪽에서 재인용.

고독을 즐길 줄 모르면 자아를 성찰하기 어렵고, 자아성찰을 하지 못하면 자기인식이 안 되며, 자기인식이 안 되면 앞으로 나아갈 길도 설정할 수 없다. 길을 모르거나 잃는 것은 두 가지 좌표가 없을 때이다. 하나는 현재 좌표이고, 다른 하나는 가고자 하는 목적 좌표이다. 고독을 즐길 수 있어야 현재 좌표를 인식하고, 나아가 그에 알맞은 목적 좌표를 설정할 수 있는 것이다.

고독은 혼자라는 존재 방식 때문에 외부 사물과 단절된 것으로 오해를 받는다. 하지만 고독은 지정의가 외물과 작용하는 것을 성찰하는 초자아super ego가 있으므로, 외부와 단절될 수가 없는 것이다. 보통 사람의 경우 골방에 앉아 있으면 남과 단절되어 우울증이나 자폐증 같은 고통에 빠질 수 있으므로 밖으로 나가 길을 걷는 것이 좋다. 혼자 길을 걷더라도 자연과 대화를 하는 것이므로 마음이 즐겁고 몸도 건강해져 우울증이나 자폐증 같은 것은 저절로 사라진다. 진정 고독을 즐길 수 있을 때, 초자아가 힘을 얻어 현재진행형으로 순간순간 지정의의 작용을 알아차릴 수 있고 그들에게 휘말리지 않을 수 있는 것이다.

혼자 있는 것이 즐겁다면, 그것은 기본적으로 초자아가 자아를 관조觀照하거나 정관靜觀하고 있기 때문이다. 관조지락觀照之樂이나 정관지락靜觀之樂은 정신 경지에 따라 고저의 차이가 있으며, 내공에 따라 장단의 차이가 있다. 관조의 주체인 초자아는 자신의 지정의의 작용을 바라볼 뿐 제3, 제4의 초자아를 생산하지 않는다. 그것은 쓸데없는 일일 뿐만 아니라 자아성찰에도 방해가 된다. 그래서 유식唯識에서도 제8식인 아뢰야식 위에 제9식이나 제10식 등을 말하지 않은 것이다.

　2019.12.11. 포항 가는 것이 저녁 때보다 오전에 일찍 가는 게 여유가 있을 것 같아 춘천에서 아침 8시에 출발하여 12시에 죽도시장에 도착했다. 전국적으로 유명한 죽도시장의 장기식당에 가서 소머리국밥(10,000원)을 먹고, 식사 후에는 포항운하를 보러 갔다. 16번 코스는 포항 시내를 관통하기 때문에 생략하고, 대신 포항운하를 한 바퀴 돌기로 했다. 운하 시작점에서부터 하구의 포항여객선터미널을 지나 영일대해수욕장의 영일대까지 왕복하였다. 운하의 물은 강물과 바닷물이 만나 약간 탁하지만 손가락보다 조금 더 큰 물고기들이 양어장에서처럼 많이 떼 지어 다닌다. 잠시 걸음을 멈추고 물고기 노니는 것을 보니, 마음이 한가해지고 편안해지며, 장자(莊子, 본명 莊周,

BC.369~BC.289)와 혜자(惠子, 본명 惠施, BC.370~BC.309)가 물고 기의 즐거움, 즉 어락魚樂에 관해 나눈 이야기가 생각이 난다.

> 장자와 혜자가 호반에서 노닐고 있다. 장자가 "피라미가 조용히 나와 노니, 이것이 물고기의 즐거움이라네"라고 말하자, 혜자는 "자네는 물고기가 아 닌데, 어떻게 물고기의 즐거움을 아는가"고 말하였다. 장자는 "자네는 내 가 아닌데, 어떻게 내가 물고기의 즐거움을 모른다고 아는가"라고 말하자, 혜자는 "나는 자네가 아니니, 당연히 자네를 모르네. 자네도 물고기가 아 니니, 물고기의 즐거움을 전혀 알지 못하는 것이네"라고 말하였다. 장자가 "근본으로 돌아가 보세. 자네가 '당신이 어찌 물고기의 즐거움을 아느냐'고 한 것은, 이미 자내도 내가 알고 있음을 알고 나에게 물은 것이며, (그렇듯) 나는 호반에 있어도 물고기의 즐거움을 알고 있는 것이네"라고 말했다.[3]

혜자는 주체가 다르면 알 수 없다고 한 것이고, 장자는 물아일체 가 되면 물고기의 즐거움도 알 수 있다는 것이다. 뇌과학에서는 물아 일체적 인식을 섬엽insula의 공감으로 설명한다. 즉 섬엽은 상대가 즐 거움을 느끼면 나도 같은 즐거움을 느끼게 되는 것만 아니라, 마음과

---

3 『莊子』「秋水」: 莊子與惠子遊於濠梁之上. 莊子曰 :"儵魚出遊從容, 是魚樂也." 惠子曰 : "子非魚, 安知魚之樂?" 莊子曰 :"子非我, 安知我不知魚之樂?" 惠子曰 :"我非子, 固不 知子矣; 子固非魚也, 子之不知魚之樂全矣." 莊子曰 :"請循其本. 子曰 :'汝安知魚樂'云 者, 既已知吾知之而問我, 我知之濠上也."

신체를 연결하는 중추라는 것이다.[4] 아울러 장자는 초자아super ego로 자아를 성찰함으로써 물고기의 즐거움을 알고 있는 자기를 인식할 수 있다는 것이다.

영일대에 올라 건축 자재를 보니 불그스레한 소나무였다. 아직 단청하지 않아 화장기 없는 순수함이 인상적이었고, 나뭇결이 붉게 보이는 것이 마치 쑥스러워하는 여인의 얼굴 같았다. 현판 글씨는 현대 서예가인 허주 정보인虛舟 鄭普仁의 글씨이다. 잠시 앉아 있다 보니 일어나기가 싫었다. 다시 승용차 있는 데로 돌아가는 길에 전국 5대 어시장인 죽도어시장에 들렀다. 규모도 크지만 가격도 파격적으로 저렴하다.

2019.12.12. 7시 30분에 뜨는 일출을 보기 위해 아침 식사로 해장국(8,000원)을 먹고 영일대로 갔다. 지난번 도보여행 때 야경은 감상했지만, 이번에는 일출을 보기 위해 일찍 온 것이다. 일출 지점은 바다가 아니라 영일만을 가운데 둔 구룡반도의 산이다. 사람들은 밝은 해와 달이 뜨는 것을 보면 희망을 품고 소원을 비는데, 나도 일출을 보며 기도해 본다.

4 크리스티안 케이서스 저, 고은미, 김잔디 역, 『인간은 어떻게 서로를 공감하는가 - 거울뉴런과 뇌 공감력과 메커니즘』(The Empathic Brain, 2011.), 바다출판사, 2018. 145쪽 참조.

영일대에서 본 일출

영일대에서 본 포항 시내

흥환해변~강구항

迎日臺迎日 영일대에서 해맞이   _ 2019.12.12. 南相鎬

붉은 태양 어둠을 깨뜨리며 동방을 열고
파도를 몰고 갈매기들 깨워 함께 달려오네
역대 조상님들 밝음 숭상하였으니
지금의 후손들 영일대를 지었다네
먼 곳에서 온 길손 밝은 태양 맞는데
가까이 지나가는 어선은 큰 바다 향하네
우리나라가 평화 통일되길 기도하고
가족들 평안하고 건강하길 빌어보네

紅輪破暗闢東方, 推泡醒鷗同起踉.   홍륜파암벽동방, 추포성구동기량.
歷代先人崇太白, 而今後胄上新樑.   역대선인숭태백, 이금후주상신량.
遠來老客迎明日, 近去漁船向大洋.   원래노객영명일, 근거어선향대양.
祈禱我邦成統一, 希求家族得平康.   기도아방성통일, 희구가족득평강.

　영일대의 일출을 보고 나서 칠포를 거쳐 월포까지 25㎞를 걸었다. 7시 40분부터 11시 40분까지 4시간 만에 칠포에 도착하여 점심으로 짜장면(6,000)을 먹고, 12시 조금 넘어 출발하여 2시간 만에 월포에 도착하였다. 월포역 앞에서 500번 버스를 타고 포항으로 돌아왔다. 내린 곳이 죽도시장 옆이어서 그곳에서 아구탕(12,000원)을 먹고 5㎞를 걸어서 영일대해수욕장 공영주차장으로 돌아왔다. 오늘은 7시간에 총 30여㎞쯤 걸었다.
　오도리에 있는 찜질방으로 가는 길에 바다에서 보름달이 마치 해처럼 떠오르고 있었다. 바로 차를 돌려 영일대로 다시 돌아갔다. 달과 바

다, 그리고 영일대를 함께 보기 위한 것이다. 행운이었다. 청명한 날 일출과 월출을, 그것도 보름달을 영일대에서 보게 되다니.

●

再登迎日臺 (一) 영일대에 다시 올라 _ 2019.12.12. 南相鎬

푸른 파도 바다 위 누각이 있어
일월이 번갈아 와 문 두드리네
손잡고 가는 젊은이들 꿈속에서 노니니
등불도 반짝이며 바다 정원 수놓네

蒼波海上有樓亭, 日月交來叩大扃.   창파해상유누정, 일월교래고대경.
牽手靑春遊夢裏, 燈光散亂繡濱庭.   견수청춘유몽리, 등광산란수빈정.

再登迎日臺 (二) 영일대에 다시 올라　　　　　_ 2019.12.12. 南相鎬

새벽에는 해 맞으러 겨울 어둠 무릅쓰고
저녁엔 다시 올라 달 뜬 바다 감상하네
미끄러지듯 지나는 요트 비경에 빠진 듯
누정 맴돌며 떠나지 못하네

清晨迎日冒冬冥, 晚上再登賞月溟.　　청신영일모동명, 만상재등상월명.
滑海遊船貪秘境, 來來往往不離亭.　　활해유선탐비경, 내래왕왕불리정,

　숙소인 오도리 해변에 이르러 잠시 차를 세우고 달이 뜬 밤바다를
한참 바라보았다. 조금 전까지만 해도 달이 정자와 해변 불빛 그림

영일대 앞을 지나는 요트

자들과 어울려 황홀하게 보였는데, 지금은 왠지 두렵고 슬픈 마음이 밀려든다. 바다에 비친 달빛이 차갑게 느껴졌기 때문일까? 어촌이라 멀리 보이는 어선의 불빛뿐 어둡고 쓸쓸하기 때문일까? 이런 감정이 외로움일까?

海月 바다에 뜬 달 　　　　　　　　　　　　　　_ 2019.12.12. 南相鎬

보름달 둥글고 밝은 게 태양 같은데
수평선 저 멀리 어선의 불 달빛이라 말해주네
쉴 새 없이 파도 오가며 달빛 흔드는데
어째서 두렵고 슬픈 마음 들어 가슴 아픈가!

오도리 해변의 월파(月波)

흥환해변-강구항

73

滿月圓明若太陽, 遠方漁火說螢光.   만월원명약태양, 원방어화설섬광.
無休波濤往來散, 何以懼哀胸膈傷.   무휴파도왕래산, 하이구애흉격상.

오늘 숙소는 칠포와 월포 사이에 있는 오도펜션찜질방(20,000원)이다. 펜션형이라서 그런지 가정집 같은 느낌이 드는 데다 주인이 쓰는 침대방을 내주었다. 새벽에 일어나 원고를 정리하다 보니 창밖에 멀리 보이는 배에서는 불빛이 보인다. 추운 바다에서 밤새워 고기를 잡는 모양이다. 어제 저녁에 먹은 아귀탕에도 밤새우는 어부들의 노고가 들어있겠구나!

2019.12.13. 8시 30분부터 걷기 시작하여 12시 반 구계항에 이르러 점심을 먹었다. 물회가 싫증이 났지만, 선택의 여지가 없다. 주인이 특별히 생초밥을 몇 점 해주었다. 회를 숙성하지 않아 씹히는 맛이 색달랐다. 물회(15,000원) 먹는 법도 가르쳐 준 대로 먹으니 맛있었다. 먼저 물회에 뜨거운 밥을 반 그릇 말아먹고 난 다음 나머지 반 그릇을 넣어 먹으면 얼음이 적당히 녹아 맛이 있다. 먹는 법도 모르고 이제껏 먹은 게 억울한 생각이 든다. 돌아갈 버스는 갈아타야 하고 잘 알지 못해 영덕-포항간 열차를 타기로 했다. 1시간 반을 기다려 2시 52분 기차를 타고 승용차 있는 곳으로 돌아와 춘천으로 출발하였다. 집에 도착하니 7시 반이 되었다.

저녁에 원고를 정리하여 천원天原 선생님께 보내드렸다. 여행을 함께 다니고 싶어 하시기 때문에, 매번 여정의 이야기를 정리하여 보내

드리는 것이다. 천원 선생님께서 이번 여행기를 읽어보시고, 함께 여행하지 못하는 안타까움을 담아 '고독'이란 제목으로 시를 지어 보내 주셔서 허락을 받고 여기에 편집한다.

●

고독   2019.12.14. 천원 윤사순(天原 尹絲淳)

시인의 고독
무념 따라
청아한데

밤의 적막은
안개 낀 달무리에
잠긴다

구름 갠 하늘엔
별들이
눈짓 손짓한다

우러르던
시인의 마음 연상
길손 채비하려다
지운다

고독은 여전히
그의 우아한
짝인가[5]

---

5 윤사순, 『광부』, 서울: 유림플러스, 2020. 5. 48쪽.

흥환해변–강구항

이번 여정의 주제는 고독이었다. 요즘에는 혼밥·혼술처럼 도시에 살아도 혼자서 생활하는 경우가 많다. 그것을 사회문제로 이해하기도 하는데, 우리의 인생은 본래 혼자 사는 것이다. 홀로 사는 외로움을 달래기 위해 가족이나 이웃을 찾지만, 실은 혼자 살다 혼자 가는 것이다. 그런 혼자 있음은 예민한 양날의 칼과 같아서 부정적으로 보면 우울증에 빠질 수 있고, 긍정적으로 보면 자아성찰은 물론 사물도 관조하며 즐길 수 있는 것이다.

강구항-후포항

이번 트레킹의 주제는 '조화_{調和, harmony}'이다. 조화는 혼자가 아니라 다자간의 관계에서 성립되는 균형을 말한다. 동양철학에서는 중화_{中和}라는 개념으로 설명한다. 즉 "마음속에 희노애락의 감정이 생기기 전의 것을 중_中이라 하고, 감정이 생기더라도 절도에 맞은 것을 화_和라고 한다"는 것이다. 아울러 중화_{中和}를 천하의 기준으로 삼으면 천지 만물과도 조화를 이룰 수 있다는 것이다. 즉, "중이라는 것은 천하의 가장 큰 근본이고, 화라는 것은 천하의 가장 잘 통하는 도이다. 중화가 되면, 천지가 제자리를 잡고, 만물이 살 수 있는 것"이라 한다. 이것은 다자간의 관계를 조화시키는 원리와 기준이 중화_{中和}에 있다는 것이다. 이상적인 기준은 중이지만, 현실적인 기준은 화인 것이다. 일상생활에서는 감정이 미발일 수 없기 때문이다. 그러

---

1 『中庸』1: 喜怒哀樂未發謂之中, 發而皆中節謂之和.
2 『中庸』1: 中也者, 天下之大本也, 和也者, 天下之達道也. 致中和, 天地位焉, 萬物育焉.

므로 자기 내적인 경우든 아니면 외적인 경우든 실천적 기준선은 바로 조화인 것이다.

　유가 철학에서 추구하는 중화는 본심과 칠정 간에 있지만, 필자의 경우는 지정의 삼자 간에 있다. 필자는 우리의 마음을 지정의의 작용으로 보기 때문에, 그들의 중화는 지정의 삼자 간의 화통중균和通中均의 상태이다. 지정의를 조화롭게 하는 방법은 무엇일까?

　유가 철학에서 본심과 감정을 조화하는 방법으로 예악을 활용하였다. 예는 질서, 음악은 화합 기능을 하기 때문이다. 그래서 『예기』에서는 "최고의 음악은 천지와 더불어 조화를 이루고, 최고의 예는 천지와 더불어 절도를 이루는 것이다. …… 그래서 성인은 음악을 지어 하늘에 호응하도록 하고, 예의를 제정하여 땅과 짝을 이루게 하였다"[3]고 한다.

　예를 지나치게 강조하고 감정을 무시하면 '이치[理]로 사람을 죽인다'[以理殺人][4]는 비판을 듣고, 반대로 감정을 강조하고 예를 무시하면 문란해진다는 비판을 듣게 된다. 그래서 감정을 다스리는 음악도 감

---

3 『禮記』「樂記」: 大樂與天地同和, 大禮與天地同節. ……故聖人作樂以應天, 制禮以配地.
4 戴震, 「與某書」, 『戴東原先生全集』, 大化書局, 1987. p.1100. "성인의 도는 세상 사람들로 하여금 감정을 표현하지 못함이 없게 하여, 그 욕심을 추구하고 성취하게 함으로써 천하가 다스려지게 하는 것이다. 후대 선비들은 감정에 조금이라도 불만이 없게 해야 하는 것이 이치라는 것을 모르는 것이다. 그러나 그들이 소위 이치라고 하는 것은 혹리가 소위 법이라 하는 것과 같은 것이다. 혹리는 법으로 사람을 죽이고, 후대 선비들은 이치로 사람을 죽이는 것이다."(聖人之道, 使天下無不達之情, 求遂其欲而天下治. 後儒不知情之至於纖微無憾是謂理. 而其所謂理者, 同於酷吏之所謂法. 酷吏以法殺人, 後儒以理殺人.)

성 만족을 추구하면 치악(侈樂)[5]이 되고 만다. 화평의 최고 경지는 어떤 것일까? 음악에서 화평의 최고 경지는 유음(遺音)의 경지라고 할 수 있다. 즉 최고의 음악은 가장 아름다운 소리를 추구하는 데 있는 것이 아니라, 오히려 음을 다 표현하지 않는 절제된 유음을 추구하는 데에 있다는 것이다.[6]

공자는 자신의 도는 하나로 일관된 것이라고 말했고, 그것을 증자는 충서(忠恕)라고 해석하였다. 즉 "증삼아 나의 도는 하나로 관통한 것이다. 증자가 대답했다. 네. 문인이 (증삼에게) 물었다. 무슨 말씀입니까? 선생님의 도는 충서뿐이다."[7] 충서에 대해, 주자는 "자기를 다하는 것을 충이라 하고, 자기를 미루어 남을 생각하는 것을 서라 한다. …… 중심을 충이라 하고, 마음과 같은 것을 서라고 한다"[8]라고 주석을 달았다. 남과 조화를 이루기 위해서는 예악을 도구로 사용하더라도 진정성 있게 해야 한다. 진정성은 나누어 말하면 충서이고, 한마디로 말하면 인(仁)이다.

---

5 『呂氏春秋』「侈樂」: 夏桀殷紂作爲侈樂. 大鼓鐘磬管簫之音, 以鉅爲美, 以衆爲觀, 俶詭殊瑰, 耳所未嘗聞, 目所未嘗見, 務以相過, 不用度量. 졸저, 『육경과 공자인학』(2003, 예문서원) 참조.

6 『禮記』「樂記」: 樂之隆, 非極音也. 食饗之禮, 非致味也. 淸廟之瑟, 朱絃而疏越, 壹倡而三歎, 有遺音者矣. 大饗之禮, 尙玄酒而俎腥魚, 大羹不和, 有遺味者矣. 『여씨춘추』에서는 "有遺音者, 有進乎音者"라고 말했다. 즉 進音이란 지나처서 남는 음이 아니라, 遺音과 마찬가지로 다 표현하지 않은 음인 것이다. 졸저, 『육경과 공자인학』(2003, 예문서원) 참조.

7 『論語』「里仁」15: 子曰, 參乎, 吾道一以貫之. 曾子曰, 唯. 子出, 門人問曰, 何謂也? 曾子曰, 夫子之道, 忠恕而已矣.

8 盡己之謂忠, 推己之謂恕. …… 或曰, 中心爲忠, 如心爲恕.

강구항의 일몰

2020.1.10. 오전 원주에서 치과 치료를 받고 오후 1시에 출발하여 강구항에 이르니 4시가 되었다. 언제 보아도 푸른 바다와 파도 소리가 좋다. 노을에 물드는 강구항을 보면서, 영덕해파랑공원 옆에서 저녁을 먹기 위해 곰치탕 식당으로 들어갔다. 그런데 곰치탕은 재료가 비싸서 1인분은 팔 수 없다는 것이다. 주문진에서는 그래도 해주었는데, 여기선 안 된다고 한다. 하는 수 없이 옆집에서 도루묵찌개(10,000원)를 먹었다.

마린한증사우나 찜질방(8,000원)에 들어가 여행기를 정리하는데 친구 양 사장에게서 카톡 메시지가 왔다. 『열하일기熱河日記』의 이야기를 따라 중국 도보여행을 가자고 한다. 나는 형편상 동행할 수는 없지만, 『열하일기』가 궁금해 한국고전종합DB로 들어가 연암 박지원(燕巖 朴趾源, 1737~1805)의 『열하일기』를 열어보았다. 『열하일기』는 연암이 44세(1780년)에 삼종형 박명원이 건륭제의 만수절 사절로 갈 때 따라가면서 지은 견문기이다. 그중 「성경잡지盛京雜識」편 14일 자 기록에 보면 "주인옹은 산과 숲을 즐기는데, 객도 물과 달을 아시오?"翁之樂者山林也, 客亦知否水月乎?라는 주련柱聯을 써주자 술을 권하였다고 한다. 필자도 이에 화답하는 의미로 한 수 지었다.

●

樂山樂水 산수 즐기기   2020.1.10. 南相鎬

해파랑길 자석처럼 잡아당기니
바다 보고 산 보며 자연과 벗하게 되지요
때때로 좋아함이 적당하여 탐닉을 피하면
성정은 자연의 도를 얻어 아주 신선해지지요.

海坡棧道似磁牽, 觀海看山友自然.   해파잔도사자견, 관해간산우자연.
時好適當避溺樂, 性情得一滿新鮮.   시호적당피익락, 성정득일만신선.

박지원의 화두는 중국 문물에 관한 것이지만, 필자의 화두는 해파랑길에서의 자아성찰이다. 자아는 지정의가 자기 내부적으로는 물론 자연과 교감하는 속에 있는 것이므로, 해파랑길을 걷기만 해도 나의 자아는 늘 새로워진다. 단지 걷기만 할 뿐인데, 몸도 튼튼해지고 마음도 유쾌해지니 해파랑길에 감사하며 다닌다.

아침 6시에 일어나 강구시장 앞 해장국집에서 뚝배기뼈해장국
(8,000원)을 먹었다. 장거리를 걸으려면 든든히 먹어두어야 한다. 차를
영덕해파랑공원에 주차해놓고 일출을 기다렸다. 7시 35분이 일출예정
시각인데, 구름이 약간 끼어 몇 분 후에 해를 볼 수 있었다. 바닷가에서
새해에 새해를 본 것이다. 새로운 희망을 꿈꾸어본다.

7시 50분에 영덕해파랑공원을 출발하여 바닷가 큰길 위주로 갔다.
가다 보니 영덕해맞이공원이 산 위에 조성되어 있었다. 영덕의 수호
신처럼 곳곳에 대게의 형상을 설치하였다. 왜 아니겠나. 백성을 먹여
살리는데. 반짝이는 바다가 너무 아름다워 아내에게 카톡영상 통화
를 했다. 영덕군에서 공공와이파이를 설치하여 현지 중계를 할 수 있

었다. 혼자 여행 다니는 것 미안해하지 말라는 아내의 말에 더 미안해진다.

영덕군은 대게를 지역 특산물로 홍보하고 있다. 아울러 과메기로는 구룡포가 꽁치 과메기가 유명하다면, 영덕은 청어 과메기가 유명하다. 어촌마다 청어 과메기를 말리고 있다.

16㎞를 걸어 12시에 경정항에 도착하여 회밥(12,000원)을 먹었다. 회덮밥을 이곳에서는 회밥이라 한다. 회밥은 너무 많이 먹어 질리지만, 고둥과 해초무침이 맛있었다. 식사 후 12시 반에 출발하여 축산항엔 1시 반에 도착하였다. 그런데 강구항 가는 버스가 2시 30분에 출발하기 때문에 많이 기다려야 했다. 버스 정류장 의자에는 전기온돌이 들어있어 따뜻하다. 체면 불고하고 누워 한숨 자고 싶어도 버스를 놓칠까 봐 벌서듯 앉아 있었다.

영덕해맞이공원 창포말등대

영덕해맞이공원 앞바다

강구항에 도착했을 때, 트럭 위에 고래 한 마리가 얼음을 덮어쓰고 있다. 바다의 로또라는 고래가 잡혔으니 어부는 기분이 좋을 텐데, 보는 사람들의 시선이 부담

축산항

스러웠는지 난처한 표정을 하고 급히 출발한다. 멸치의 생명은 하찮고, 고래의 생명은 안타까운 것인가?

저녁은 영덕해파랑공원 옆 중국집에서 해물짬봉(10,000원)을 먹었다. 맵지 않고 감칠맛도 있지만 조금 짰다. 식사 후 어제 묵었던 찜질방으로 다시 돌아왔다. 일찍 들어가니까 주인이 찜질방 안에서는 저녁 식사를 할 수 없으니 밥을 먹고 들어오란다. 피곤하여 찜질방에 들어가자마자 한 시간 정도 잠을 자고 나니 피로가 좀 풀려 여행기를 정리했다.

2020. 1. 12. 새벽 6시에 어제 먹은 뚝배기뼈해장국(8,000원)을 먹고 바로 출발하여 영해 버스터미널에 도착하니 6시 40분이 되었다. 오후에 타고 올 버스가 후포항에서 영해 버스터미널로 오기 때문이다. 버스터미널에서 고래불 대교까지는 4km이고, 고래불 대교에서 후포항까지는 16km이기 때문에, 오늘 걸을 거리는 총 20km이다.

오늘은 어제와 달리 최저 -1도, 최고 6도인데 바람까지 불어 춥다.

영해 벌판을 통과하는 송천松川은 석호潟湖에 가까운 하천이다. 물오리들은 물 가운데서 잠자고 있는데, 왜가리는 커다란 날개를 펴고 그 위를 날아간다. 송천 제방으로 난 길은 예주목은길이라 하는데, 영덕군에서 명품길로 조성하여 가로등이 겨울 새벽길을 밝혀주고 있다. 예주목은길은 해파랑길과 연결되어 있는데, 목은 이색(牧隱 李穡, 1328~1396) 선생의 절의 정신을 기리기 위한 것 같다. 괴시리에는 목은 기념관이 있는데, 마을 어귀의 정자 이름에도 소나무를 넣어 관송정觀松亭이라 했고, 앞에 흐르는 하천의 이름도 송천松川이라 했다. 새벽 시간이라 목은 기념관에는 가보지 못했다. 그의 한시는 6,000수 정도 되지만, 시조는 〈백설이 주자진 골에〉가 유일하다고 한다. 길가에 그것을 전시물로 설치해 놓았다. 망국의 안타까움을 잘 담아낸 명시조이다.

예주목은길

강구항-후포항

白雪이 즈자진 골에   _목은 이색(牧隱 李穡, 1328~1396)

白雪이 즈자진 골에 구룸이 머흐레라
반가온 梅花는 어니 곳에 퓌엿는고
夕陽에 호을노 셔서 갈 곳 몰라 ᄒ노라

* 이 시조는 『청구영언』, 『해동가요』, 『가곡원류』, 『병와가곡집』 등에 실려 있는데, 이것은
『병와가곡집』의 것이다.
* 박인희, 『낯선 문학 가깝게 보기: 한국고전』, 네이버 백과 참조, 2013.

牧隱路 예주목은길   _2020.1.12. 南相鎬

혼란한 때 인에 의거 중용 잃지 않으며
시골에 은둔하여 고려 신하 충절을 지켰다네
겨울이라 담장 안 매화 아직 피지 않았지만
송죽은 여전히 깨끗한 기운 영롱하네

亂世居仁不失中, 落鄕隱遁守臣忠.   난세거인불실중, 낙향은둔수신충.
嚴冬墻裏梅無發, 松竹如前潔氣瓏.   엄동장리매무발, 송죽여전결기롱.

고래불 해변을 걸을 때는 차가운 북풍에 왼쪽 얼굴이 어는 것 같았
다. 고래불 해변은 야영객들을 위해 텐트를 칠 수 있도록 소나무 숲 아
래에 나무판을 여기저기 깔아놓았다. 야영장 끝 해변에 옛것을 복원
한 봉송정奉松亭이 있다. 봉송정은 본래 고려 중엽으로 추정되는 시기
에 봉씨 성을 가진 영해 부사가 송천松川과 덕천德川 사이에 지었다는
정자이다. 지금은 해변에 2층 누각으로 크게 새로 짓고 단청까지 하여

여행객들에게는 좋은 휴식처와 볼거리가 되고 있다. 동해안에서는 보기 드문 넓은 평야와 길고 아름다운 백사장이 있어 사람은 물론 새들도 많이 찾아오는 곳이다.

●

奉松亭 봉송정　　　　　　　　　남곡 권상길(南谷 權尙吉, 1610~1674)

높은 소나무 평평한 바닷가에 서 있는데
수많은 나무 제방을 에워 싸고 있네
푸른 하늘의 용구름 씩씩하게 나는데
해가 났는데도 오는 비 차가움을 머금고 있네
빽빽한 솔잎 눈을 맞지만
위태로운 가지 받아주지 않네
시 짓는 노인 겨울의 푸르름을 보고 있는데
새 봄빛을 본다는 것 희망 속의 미혹일까?

百尺臨平海, 千株擁滿堤.　　　백척임평해, 천주옹만제.
靑天龍用壯, 白日雨含淒.　　　청천용용장, 백일우함처.
密葉渾封雪, 危枝不受棲.　　　밀엽혼봉설, 위지불수서.
詩翁看晩翠, 春色望中迷.　　　시옹간만취, 춘색망중미.

●

登奉松亭 봉송정에 올라　　　　　　　2020.1.12. 南相鎬

길손 봉송정에 올라 사방을 돌아보니
운무를 뚫고 나온 아침 해 정자 지붕 추켜올리네
푸른 소나무 바다처럼 모래 언덕에 펼쳐져 있는데
백로는 갈대밭에서 날개 펴고 날아오르네

過客登樓觀四方, 穿雲鮮日擧椽梁.　　　과객등루관사방, 천운선일거연량.
碧松如海鋪沙岸, 白鷺葦田展翼翔.　　　벽송여해포사안, 백로위전전익상.

　고래불 해변을 지나 북쪽 백석 해변으로 걸어가려니 너무 춥기도 하고, 이미 2시간 정도 걸었기 때문에 피곤하여 리조트 카페에서 아메리카노(6,000원)를 한 잔 마셨다. 따뜻한 커피를 마셔서 그런지 몸도 편해지고 기분도 좋아졌다. 다시 길을 나섰다. 멀리 오늘 목적지인 후포항이 보인다. 10㎞ 정도 남았으니 다 온 것 같다.

　후포항 방파제에 앉아 쉬면서 점심 먹을 식당을 검색했더니 수정면옥의 별이 다섯 개이다. 오던 길을 되돌아가 평양냉면(9,000원)을 시켰다. 쇠판에 구운 돼지고기 한 조각도 같이 나왔다. 평소 같으면

고래불해변 봉송정(奉松亭)의 일출

해파랑길 몽돌소리

냉수는 입에 대지도 않는데, 운동 효과인가 찬 국물까지 다 마셨다. 점심을 먹고 영해가는 버스를 검색했더니, 금음3리 정류장에서 타라고 한다. 12시 반에 버스가 와서 타고 영해 버스터미널에 도착하니 1시가 되었다. 집으로 돌아가는 길에 다음번에 갈 월송정과 망양정을 둘러보며 시 한 수 지었다.

이번 여정의 주제는 조화였다. 유가 철학처럼 예악을 가지고 본심과 칠정을 조화롭게 할 수도 있지만, 일반 사람들에게 예악은 너무 멀리 있으며, 비록 가까이 있다 하더라도 어떻게 쓸지 알기 어렵다. 쉬운 방법 중에는 걷기가 있다. 어디를 가든 걸으면 운동 효과로 세로토닌·도파민·엔도르핀 등이 많이 분비되어 마음이 안정될 수 있기 때문이다. 그중 세로토닌이 부족하면 우울·초조·충동·불안·신경질환 등이 생긴다고 한다.[9] 물론 심신의 신비하고 오묘한 작용을 몇 가지 요인만으로 설명할 수 있는 것은 아니어도 걸으면 지정의가 평정해지고 몸이 건강해지는 조화를 체험할 수 있다.

---

9 『K-POP 키비댄스 운동이 청소년폭력 관련 심리 변인 및 혈중 호르몬 농도에 미치는 영향』, 국민체육진흥공단 체육과학연구원, 2012, 2쪽 참조.

후포항-수산교

2020.4.14. – 4.15. `Course 24` 후포항 ▶ 기성버스터미널 19.8km
`Course 25` 기성버스터미널 ▶ 수산교 23km

이번 여정의 주제는 '사랑'이다. 세상에서 가장 진실하고 선하며 아름다운 것이 있다면, 그것은 사랑일 것이다. 사랑의 본질은 무엇일까? 철학에 따라 다른데, 유가 철학에서의 사랑은 감정이면서 동시에 도덕 의지이다. 즉 "측은지심·수오지심·사양지심·시비지심은 감정이고, 인의예지는 본성이다."[1] 사단四端은 현상으로 보면 감정이지만, 본질로 보면 도덕 본성이라는 것이다. 하지만 맹자는 "의지는 기의 장수"[2]라고 말했기 때문에, 의지가 주인이고, 기는 종자이므로 지주기종志主氣從이 된다. 감정과 의지가 결합된 것이라 해도, 의지가 주체라는 것이다. 맹자가 말하는 의지란 어떤 것인가? 인의예지의 도덕 본성이 발현된 것이다. 즉 "왕자점이 물었다. '선비는 무엇을 일삼는가?' 맹자가 말했다. '상지尚志, 즉 의지를 고상하게 하는 것이다.' '의지를 고상하게 한다는 것은 무엇을 말하는 것인가?' '인의

---

1 『孟子』「公孫丑章句上」6, 주자 주: "惻隱·羞惡·辭讓·是非, 情也, 仁義禮智, 性也."
2 『孟子』「公孫丑章句上」2: 夫志, 氣之帥也.

뿐이다.'"[3] 인의로 도덕 의지를 고상하게 할 때 어떻게 해야 하나? 맹자는 "(호연지기를 양성함에) 반드시 종사하되, 효과를 미리 기대하지도 말며, 마음에서 잊지도 말고, 억지로 조장해서도 안 된다"[4]고 말했다. 즉 사단은 자기 당위성과 자발성을 가지고 발현되는 도덕 감정이면서 도덕 의지이므로 외부에서 간섭하면 안 된다는 것이다. 동시에 맹자는 사단의 감정은 도덕적이라고 긍정하고, 칠정의 감정은 도덕 감정을 방해할 수 있다고 경계했기 때문에, 유가 철학은 도덕 의지 주도형이 된 것이다.

필자가 보는 이상적인 사랑은 지정의가 삼위일체로 통균되고 가슴 떨리는 심지체감心知體感의 상태이다. 그 이유는 무엇인가? 감정은 신체의 반응이 따르지 않으면 성립되지 않는 것이기 때문이다. 즉 윌리엄 제임스(William James, 1842~1910)는 "우리가 울었기 때문에 슬픔을 느끼고, 우리가 때렸기 때문에 분노하게 되고, 우리가 몸을 떨었기 때문에 무서워진다는 것이며, 이들 각각 경우 슬프거나 분노하거나 무섭기 때문에 울고 때리고 몸을 떠는 것이 아니라는 것이다. 지각은 있어도 신체 변화 상태가 따르지 않으면 그 지각은 순전히 인지적인 것으로 머물러 창백하고 색채가 없고 정서적 온기가 결핍된 것이 될 것"[5]이라고 말했다. 순수한 정신적 사랑인 플라토닉러브 Platonic love가 그런 것에 속한다.

---

3 『孟子』「盡心章句上」33: 王子墊問曰: 士何事? 孟子曰: 尚志. 曰: 何謂尚志? 曰: 仁義而已矣.
4 『孟子』「公孫丑章句上」2: 必有事焉, 而勿正, 心勿忘, 勿助長也.
5 정양은 역, 『심리학의 원리』, 서울: 아카넷, 2005, 2040~2011쪽.

사랑의 진정성은 어디에 있을까? 그것은 의지의 정향定向, 지성의 분별分別, 감정의 감동感動이 일체가 되는 지정의의 통균과 그에 따르는 신체 반응에 있을 것이다. 우리의 심신이 온전하게 가동되어야 알고 느낄 수 있기 때문이다. 만약 지정의가 통균에서 멀지 않다면, 상황에 따라 적당한 범위 안에서 지성 주도형 · 감정 주도형 · 의지 주도형도 허용될 수 있을 것이다. 그것은 『중용』에서 말하는 중中과 화和의 관계와 같다.

2020.4.14. 새벽 1시 40분에 춘천에서 출발하여 5시 반에 후포항 여객터미널에 도착했다. 오늘 도보여행의 목표는 해파랑길 24번 코스를 완주하는 것이다. 그래서 승용차로 가는 길에 먼저 망양정 옛터를 보고 후포항으로 갔다. 새벽 4시 반 한밤중이라 깜깜하여 바다는 보이지 않는데 조명에 보이는 정자의 단청은 신비로웠다.

오늘 일출은 5시 49분이다. 차를 후포항 여객터미널에 주차해놓고 출발하자마자 일출을 볼 수 있었다. 그동안 동해 일출을 여러 번 보았는데, 오늘은 구름이 없어 온전하게 해 뜨는 것을 볼 수 있었다. 오늘은 해가 약간의 해무로 인해 맨 가운데는 흰색이고, 중간에는 노란색이며, 바깥에는 주황색이어서 마치 부엉이 눈 같다. 오늘은 파도가 높이 일어 그 소리가 천지를 진동하니 해안가 절벽에서도 메아리친다.

해파랑길 걷는 것은 일출과 함께 출발하는 게 가장 좋았다. 신선하고 상쾌한 기분은 말할 수 없이 좋기 때문이다. 컨디션도 좋아 후포항에서 월송정까지는 10㎞인데 두 시간 만에 도착했다. 월송정은 지

울진군 기성면 망양리 망양정 옛터 정자의 야경

후포항의 일출

후포항-수산교

난번에 잠시 둘러보긴 했지만, 오늘 다시 올라보니 새롭다. 월송정 입구에는 평해 황씨 시조 제단이 있어 여러 시설물을 깨끗이 정비해 고풍스럽다.

월송정은 송림 속에 가려 큰길에서는 보이지 않는데, 입구에 관동 팔경월송정이란 현판을 건 대문이 분위기를 압도한다. 월송정은 오래된 것이라 약간 낡았지만, 옛 선현들의 발자취는 새로 쓴 시판 속에서 엿볼 수 있다. 월송정이란 현판 글씨는 최규하 대통령이 썼다.

●

越松亭 월송정   _정조 어제시(正祖, 1776~1800)

정자를 둘러친 송백 아주 푸르른데
껍데기 깊은 게 오랜 세월 지났구나
드넓은 바다 끊임없이 흐르고
수많은 돛단배 석양에 물드는구나

環亭松柏太蒼蒼, 皮甲鱗峋歲月長.   환정송백태창창, 피갑린순세월장.
浩蕩滄溟流不盡, 帆檣無數帶斜陽.   호탕창명류부진, 범장무수대사양.

●

越松亭 월송정   _2020.1.12. 南相鎬

송림의 돌길 오랜 세월 지켜주는데
서까래와 기둥의 단청 새로 칠하여 선명하네
길손 정자에 올라 아름다운 시 음미하다 보니
마치 옛날로 돌아가 선현을 만나는 듯

松林石道守長年, 梁柱丹靑再漆鮮.
過客登亭吟雅韻, 恰如返古見高賢.

송림석도수장년, 양주단청재칠선.
과객등정음아운, 흡이반고견고현.

　운동이라고는 해본 적이 없던 내가 일 년 전에는 10㎞ 걷기도 힘들었는데, 오늘은 중간에 잠시 쉬고 6시간 만에 25㎞를 걸어 망양정 옛터에 도착했다. 후포항에서 망양해수욕장 전까지는 식당이 없고, 망양정 옛터 가까운 곳 모텔에 식당이 있어 그곳에서 점심을 먹었다.(백반 7,000원) 어느 공사장 인부들이 식사하는 식당이었다. 내가 들어갔을 때는 몇 사람뿐이었는데, 12시가 되자 사람들이 우르르 들어 왔다. 코로나19 때문에 사회적 거리를 유지해야 하는데, 괜히 겁

바다 쪽에서 본 월송정

이 났다. 자리가 없어 가까이 앉을 수밖에 없어 벼락같이 먹고 나오니까 주인아주머니가 미안하다고 한다.

식사 후 새벽에 보았던 망양정 옛터의 정자를 다시 올라가 보았다. 최근 옛터에 새로 정자를 지은 것이다. 하지만 망양정은 이미 왕피천 하구 해안으로 이전했기 때문에, 다시 그 이름을 사용할 수 없게 되었다. 좋은 자리에 잘 지은 정자가 있어도 이름도 없고 그곳에서 지은 시판 하나 없다는 게 너무 안타깝다. 역사성을 고려하여 정자의 이름을 망양고정望洋古亭이라 하고, 옛 시도 새로 써서 걸어주면 선현들의 정취를 추체험해볼 수 있지 않을까? 그래서 이곳 정자에서 지은 선현들의 시문을 소개한다.

●

登望洋亭看月
망양정에 올라 달구경 _ 매월당 김시습(梅月堂 金時習, 1435~1493)

십리 백사장에서 바다를 바라보니
바다와 하늘 멀리 확 트여 달이 푸르르네
신선의 세계 속세와 떨어져 있으니
세상 사람들은 떠도는 낙엽 신세

十里沙平望大洋, 海天遼闊月蒼蒼.   십리사평망대양, 해천요활월창창.
蓬山正與塵寰隔, 人在浮萍一葉傍.   봉산정여진환격, 인재부려일엽방.

望洋亭 망양정　　　　　　　　　숙종 어제시(肅宗, 1661~1720)

列壑重重逶迤開, 驚濤巨浪接天來.　　열학중중위이개, 경도거랑접천래.
如將此海變成酒, 奚但只傾三百盃.　　여장차해변성주, 해단지경삼백배.

줄지은 골짜기 겹겹이 구불구불 비스듬히 열리고
놀란 파도 큰 물결 하늘에 닿아 오네
만약 이 바다가 술로 될 수 있다면
어찌 단지 삼백 잔만 마시겠소

울진군 기성면 망양리 망양정 옛터의 정자

후포항-수산교

望洋古亭 망양고정 　　　　　　　　　 _2020.4.14. 南相鎬_

정자에 올라 선현의 시 세계를 상상해보니
바다 보고 바람 쐬며 보배를 얻었구나
한없이 애석하도다! 시판을 볼 수 없어
신운묘구는 시대를 넘어 감동 주는데

登亭想像古人吟, 觀海逍風得一琛. 　등정상상고인음, 관해소풍득일침.
哀惜無量不可見, 妙言超代動人心. 　애석무량불가견, 묘언초대동인심.

2020.4.15. 오늘 여정은 망양정에서 망양정 옛터까지 13㎞를 걷는 것이다. 오후에 다시 망양정으로 돌아와야 하기 때문이다. 6시 호텔에서 나와 부근 식당에서 아침(돼지국밥 7,000원)을 먹고 망양정에 도착하니 6시 반이 되었다. 구름이 끼어 오늘은 일출을 제대로 볼 수 없고, 피곤하여 어제처럼 걷기도 힘들다. 그래도 망양정 남쪽 산포리 해변에는 몽돌이 많고, 심지어 나뭇등걸도 몽돌처럼 매끄럽게 다듬어졌다. 어촌 어느 집에서는 그렇게 바다가 다듬은 나무를 주워다 마당을 꾸몄다. 진복리 해변을 지나는데 주민 한 분이 여행 중이냐 말을 건네며 커피 한잔하고 가라 한다. 고맙지만 이미 마신 데다가 너무 이른 시간이라 사양하였다.

망양리 해변에 이르니 어제 너울성 파도로 미역이 많이 떠밀려 나왔다. 자연의 선물을 줍느라 어민들은 정신이 없다. 말린 미역귀(10,000원) 한 봉지를 샀다. 10시 반에 망양정 옛터에 도착하며 망양정의 위치를 다시 보아도 정자를 세울만한 좋은 곳이란 생각이 든다.

해파랑길 몽돌소리

버스를 타고 울진 망양정 부근에 오니 11시 반이라 점심(갈비탕 9,000원)을 먹었다. 식사 후 울진 대종을 보고 망양정에 이르니 12시였다. 울진 대종에서 망양정에 이르는 대숲 길에는 알루미늄관 풍경을 매달아 놓아 바람이 불면 서로 부딪히며 찰랑거리는 소리를 낸다. 그래서 그 길을 바람 소리길이라 이름 지은 모양이다. 망양정에 오르니 엄마가 어린 아들 둘을 데리고 놀러 나왔다. 코로나 때문에 거리 두기를 해야 하므로 멀찌감치 앉았다.

망양정은 태양의 집이다. 월송정에 비해 크기는 작아도 사방이 탁 터져 있고, 나무 그늘도 없어 햇빛이 가득 들어와 천지와 하나가 되었다. 정자 북쪽으로는 왕피천과 넓은 들판, 동남쪽으로는 찬란하게 빛나는 바다가 열려 있어 내 마음도 툭 터진다. 밝고 툭 터지는 기분이 그동안 내 가슴이 얼마나 답답했었는가를 자각하게 해주었다. 무엇이 나를 그리도 답답하게 했을까?

망양정은 본래 경북 울진군 기성면 망양리 현종산(400m) 기슭 해변에 있던 것인데 1860년 이곳으로 이전한 것이며, 지금의 망양정은 2005년에 완전히 해체하여 새로 지은 것이다. 숙종이 관동제일루라는 현판을 하사하였다고 하는데 정자에는 보이지 않고, 망양정 옛터에서 지은 시를 새로 써서 걸었다. 정자는 바깥에서 볼 때 아름다운 것이 있고, 안에서 바깥을 볼 때 주변 경관이 아름다운 것이 있는데, 이곳 망양정은 안에서 바깥을 보는 것이 가장 아름다운 곳에 속할 것이다.

해파랑길 몽돌소리

望洋亭 망양정

하늘을 우러르고 바다를 굽어보는 태양의 집
내외가 완전히 열려 하나로 통했네
무엇이 이 비경을 나누어 보게 할까?
흰 파도까지 아름다운 소리 보태니 그 풍취 무궁하네

仰天俯海太陽宮, 內外全開得一通.　　앙천부해대양궁, 내외전개득일통.
何事敎人分此境, 白波加韻趣無窮.　　하사교인분차경, 백파가운취무궁.

　오후 3시 망양정에서 친구 양 사장을 만났다. 그는 작년 7월 정동
진에서 나에게 해파랑길을 선물한 친구이다. 이번에는 26-29코스를
함께 가고자 하여 이곳에서 만난 것이다. 시간 여유가 있어 불영사를
가보기로 했다. 해파랑길 걸을 때는 정신없이 걷기만 했는데, 모처럼

울진군 근남면 산포리 망양정

후포항–수산교

한가하게 고찰을 찾아 순례하는 것이다. 불영사 가는 길의 산천이 아름답고 수려하다. 입구에서 보기엔 산천뿐인데, 길을 돌아 안쪽으로 가니 아늑한 곳이 수행처로 그만일 것 같다. 잠시지만 마음의 안식을 얻을 수 있었다. 그런데 부처의 그림자가 어른거린다는 불영사佛影寺라는 시적 표현보다는 해탈하여 그림자조차 남기지 않을 불영사不影寺라는 이름이 불교의 본래 취지에 맞지 않을까?

불영사를 뒤로하고 내려오는 길에 행곡리 처진 소나무와 격암묘당을 둘러보았다. 소나무는 350년 되었다고 하는데, 그 기품이 보는 이를 압도한다. 소나무 옆에는 주명기朱命杞의 효자비각이 하나 있는데,

불영사(佛影寺)의 법영루(法影樓)

소나무는 마치 자식 보호하듯 소나무를 싸고 있다. 혹시 부모가 소나무로 환생하여 비석이 된 자식을 지켜주려는 것은 아닌지? 행곡리를 지나 내려가면 격암묘당이 있다. 묘당 바깥 마을에는 고산서원孤山書院이란 현판이 낡고 오래된 기와집에 붙어 있다. 이곳에서 배출한 인재 중에는 어떤 인물이 있을까 궁금해진다. 학교는 그 존재 자체로도 많은 영향을 주었을 것이다.

예언가로서 유명한 격암 남사고(格菴 南師古, 1509~1571)나 효도로 이름을 남긴 주명기는 모두 자아성찰에 뛰어난 사람들이었다. 그들은 자신이 하는 일을 되새겨보고, 그것을 원리로 삼아 새로운 것을 추구한 분들이기 때문이다. 주명기가 효도와 관련하여 소학과 효경을 연구하여 해설서를 내고, 격암이 한반도를 호랑이로 비유한 것 등은 자신이 하는 일이나 처한 위치를 성찰했기 때문에 알 수 있었을 것이다. 내용이야 사람마다 다를 수 있지만, 그런 자아성찰을 통해 자신을 안다는 것 자체가 중요한 것이다.

저녁은 울진읍 쪽으로 가는 길가 저팔계 식당에서 영양돌솥밥정식(11,000원)을 먹었다. 여행의 또 다른 재미는 여행지의 맛있는 음식을 먹어보는 것인데, 그동안 나는 음식 정보도 없어 대충 때웠다. 오늘은 미식가 친구가 안내하여 맛있는 음식을 먹을 수 있어 다행이었다.

오늘도 어제처럼 죽변항 가는 길의 고래꿈 호텔(45,000원)에서 묵기로 했다. 온돌방도 있어 둘이 묵기에 좋다. 저녁이 되자 바닷바람이 세차게 분다. 갈매기는 드론처럼 같은 자리에서 날고 있다. 바람 타기 놀이라도 하는 걸까?

이번 여정의 주제는 사랑이었다. 누구든 크든 작든 여러 형태의 사랑을 주고받는다. 하지만 그런 것 하나하나가 모두 사랑이라고 인지하는 사람도 적다. 왜 그럴까? 자아를 성찰하지 않기 때문이다. 자아를 성찰하지 않으면, 내가 그를 얼마나 사랑하는지, 내가 얼마나 많은 사랑을 받고 있는지를 모르게 된다. 모르면 그만이지, 그것이 무슨 문제라도 되나? 맛을 느끼지 못하며 좋은 음식을 먹는 것도 안타까운 일인데, 최고의 가치인 사랑을 심지체감하지 못하고 한평생 산다면 이 얼마나 억울한 일일까!

수산교-절터골

2020.4.16. - 4.17.
Course 26 수산교 ▶ 죽변등대 16.2㎞
Course 27 죽변등대 ▶ 부구삼거리 9.2㎞
Course 28 부구삼거리 ▶ 원덕읍버스정류장 12.6㎞
Course 29 원덕읍버스정류장 ▶ 절터골 9.7㎞

이번 트레킹의 주제는 '생명'이다. 생명이란 어떤 것이며, 어디에서 왔을까? 생명의 내원에 대해 옛날에는 대부분 종교적으로 접근했지만, 최근에는 대부분 과학적으로 접근하고 있다. 현상을 중심으로 논한다면, 생명은 각 기관 간의 기능 관계로 이해할 수 있다. 심신의 어떤 기능이 전체 작용을 멈추게 할 때, 우리는 그것을 치명적이라고 말한다. 그래서 심신의 실조失調가 곧 죽음이라면, 심신의 조화는 생존이라 할 수 있다.

『주역』은 생명 현상을 음양의 순환 변화로 설명하고 있다. 그 변화의 원리는 "한 번은 음이 되고, 다음 한 번은 양이 되는 것을 도라고 하는데; 그것을 이어가는 것이 선이고, 그것을 이루는 것이 본성"[1]이라는 것이다. 생명은 물론 인간의 도덕성조차 자연의 운행 원리로 설명하는 것은 『주역』의 세계관 때문이지만, 그것은 인간에게 자연의 영향력이 절대적이기 때문일 것이다.

---

1 『周易』「繫辭上」5: 一陰一陽之謂道; 繼之者善也, 成之者性也.

일음일양하는 생명의 순환 원리를 개체 중심으로 보면, 주요 개념은 신진대사의 반복 순환, 조화와 균형 등이 있다. 그렇게 생명을 동사형으로 보면, 지정의가 내외의 환경 변화에 따라 화통중균和通中均하는 것도 육신과 조화를 이룰 때 비로소 온전한 생명이 되는 것이다. 왜냐면 육신은 온전해도 정신이 온전하지 못한 경우가 있고, 정신은 온전해도 육신이 온전하지 못한 경우가 있기 때문이다. 심신의 생명을 온전하게 유지하는 방법에는 여러 가지가 있는데, 그중 하나가 걷기 운동일 것이다. 어디를 가든지 걸으면, 몸도 건강해지고 마음도 평안해져 온전한 생명을 얻기 때문이다. 필자가 그동안 해파랑길 걸으며 40년 된 비염이 거의 없어지고, 발목 주변을 괴롭힌 20년된 아토피도 거의 사라졌다. 과학적으로 입증할 수는 없지만 달라진 것은 사실이다.

2020.4.16. 8시 호텔 편의점에서 주는 토스트와 커피, 그리고 샐러드와 구운 달걀로 아침 식사를 하고 9시에 길을 떠났다. 오늘 여정은 26-27번 코스를 걷는 것이다. 호텔을 출발점으로 26번 코스를 가는 길에 죽변항 못미처 봉평리에 신라비석전시관이 있다. 신라 시대 비석을 복제하여 전시하는 곳이다. 광개토대왕비도 복제하여 세웠다. 죽변항 입구에는 성황사城隍祠가 있고, 그 옆에는 수령이 500년 된 향나무(천연기념물 158호)가 지키고 서 있다. 그렇게 오랜 세월 성황신은 주민을 지켜주었고, 향나무는 성황사를 지켜주었는데 그들의 공덕비는 어디에 있을까?

점심 식사까지는 시간 여유가 있어 죽변등대를 한 바퀴 돌고 죽변

항의 우성식당에서 곰치국(15,000원)을 먹었다. 유명한 집인데도 알지 못해서 혼자 다닐 때는 먹지 못한 것을 이번에는 프로 덕분에 맛볼 수 있어 다행이다. 맛의 세계도 아는 것이 힘이다.

부구삼거리로 가는 해파랑길은 울진 원전을 돌아가야 하므로 내륙의 산과 들 쪽으로 되어 있다. 혼자 왔더라면 길을 찾아 헤맬뻔했다. 햇볕이 따뜻해지니 추운 겨울 견딘 보리도 이삭을 쑥 내밀었다. 농부의 노고가 먼저 보인다.

오늘 여정은 부구터미널에서 마쳤다. 버스를 타고 고래꿈호텔로 돌아온 다음, 승용차를 타고 숙박지인 임원항으로 갔다. 저녁은 임원항 위너스 모텔(60,000원)에서 묵기로 했다. 방이 넓고 쾌적한 느낌이다. 피곤하여 일찍 잠자리에 들었다.

2020.4.17. 7시에 일어나 어제 준비한 컵라면·봉지 김치·요플레·카스타드·지장수 막걸리 한잔·과테말라 산타로사 원두커피 한잔으로 아침 식사를 했다. 간단히 먹으려 한 게 모두 다 갖춘 한 끼가 되었다.

오늘 여정은 임원항에서 원덕읍 호산버스터미널까지 8㎞를 가는 것이다. 이것으로 전체 770㎞ 해파랑길 걷기를 명분상 마치게 된다. 이번 여정을 함께한 친구 양 사장은 우리나라는 물론 세계 곳곳을 여행한 트레킹 전문가이다. 그래서 나는 그에게 해파랑길 트레킹을 한 마디로 정리하면 무엇이냐고 물었다. '살아 있음을 느끼며 감사하는 것'이라 한다. 아울러 해파랑길 10경 선정에 도움이 될까 하여 동해안에서 가장 아름다운 곳을 물었더니, '모두 다 아름답다'고 대답한다. 질문이 무색해졌다. 아름다운 눈으로 보면 세상 모든 것이 아름

보리밭

다운 꽃인걸. 일 년 전에는 그에게 해파랑길 걸을 때의 마음을 물어본 적이 있는데, 그때 그는 '걸으면 마음이 편해진다'고 말했다. 그렇게 마음이 편하고 행복하며 세상을 한 송이 꽃으로 볼 수 있으니, 그는 이미 낙원에서 사는 것이다.

탱자나무 꽃

황매화

필자는 해파랑길 여정을 약동躍動이란 개념으로 정리해본다. 떠오르는 아침 해, 옷깃을 흔드는 해풍, 큰소리치며 달려드는 파도, 파도 따라 타다닥~ 타다닥~ 소리 내는 몽돌, 하늘로 날아오르는 갈매기, 바람에 흔들리는 들국화, 길을 걷는 나그네의 발걸음과 심장 소리, 이 모든 것들이 약동하고 있기 때문이다. 약동은 바로 생명의 본질로서 가장 참되고 선하며 아름다운 것이다. 약동하는 해파랑길의 기운 때문인지 집에서 가만히 생각만 해도 설렘과 기쁨이 샘솟는다. 그렇게 지정의가 끓어올라 다양한 형태로 꽃피우는 것을 보고 필자 자신도 놀랐다. 전에는 경험하지 못했던 모습이기 때문이다.

원덕읍 호산천 제방길에 무불사無佛寺라고 쓴 비석이 서 있다. 불상을 모시지 않는 절이라는 뜻일까? 중생이 모두 부처이니 구태여 불상이 필요가 없다는 뜻일까? 그렇다면 세상이 다 절이니 별도로 절도 안내 비석이 필요할까? 그런데 비석 뒤에 달마상을 새겨놓은 게 너무 아이러니하다.

무불사(無佛寺) 비석

호산버스터미널에서 해파랑길 여정을 마친 다음 버스를 타고 임원항으로 돌아왔다. 집으로 가는 길에 친구 양 사장과 장호항의 삼척 해상케이블카 카페에서 커피 한잔했다. 장호항이 해파랑길 29번 코스의 끝이기도 하기 때문이다. 카페의 위치가 높아 사방이 잘 보인다. 어떤 시인은 자세히 보아야 아름답다고 했는데, 큰 사물은 멀리 보아야 아름답다. 해안선 굽이굽이 수많은 바위섬 주변에는 파도가 일어나 눈 온 것처럼 하얗다. 커피 한 잔의 여유로 장호항을 다시 보게 되었고, 덕분에 해파랑길 10경 중 한 곳으로 장호항을 선정할 수 있었다.

중국 우한武漢에서 시작된 코로나19COVID 19 때문에, 지난해 말부터 온 세계가 긴장하고 있다. 우리나라도 2020.1.20. 최초 확진자가 나온 이후 위기감에 SNS를 통해 건강과 관련된 지혜를 많이 전하고 있다. 생명이 얼마나 소중한 것인가 다시금 생각하게 하는 글들이다. 할리

장호항 동쪽 해안

우드 배우 세바스찬 스탠(Sebastian Stan, 1982~)도 사회적 거리 두기
의 필요성을 강조했다. 그는 "마이애미 해변에 나와 있는 멍청이들
을 보고 있으면 화가 난다"고 일침을 가하며 "병원 등 우리 주변에서
코로나19와 싸우고 있는 사람들이 있다. 경찰, 간호사들은 하루종일
일하고 집에 돌아간 후에도 혹여 감염이 될까 아이들을 제대로 만지
지도 못한다. 그리고는 다음 날 다시 일을 하러 나간다. 누군가는 엄
청난 고생을 하고 있고, 나는 편하게 특혜를 받는 느낌이다"라고 토
로했다.[2] 아직도 코로나19가 완전히 잡히지 않고 있어서 필자도 이번
해파랑길 여행을 떠나기 전 혹시나 하는 마음에 많이 망설였다.

---

2 2020. 3. 30. 일간스포츠

수산교-질터골

필자는 50세 이후부터 생긴 20년 생활습관이 하나 있다. 새벽에 눈 뜨면 20~30분간 스트레칭·호흡·명상 세 가지를 한다. 처음에는 5개월간 요가학원에서 배웠지만, 그 이후부터는 집에서 지금까지 계속하는 것이 그것이다. 스트레칭은 잠자리에서 일어나자마자 하고, 호흡은 스트레칭 후 300회의 정뇌호흡을 한 후 호흡 멈추기를 120초 하며, 명상은 정뇌호흡을 한 후 가부좌로 앉아서 다리가 저릴 때까지 20~30분 정도를 한다. 허리에 좋은 것은 허리를 굽히는 스트레칭이고, 기관지에 좋은 것은 호흡이며, 심신 모두에 좋은 것은 명상이다. 명상은 6살배기 외손녀도 벌써 따라서 흉내를 내고 있다.

20년 된 또 하나의 생활습관은 오후 4시~5시에 저녁 식사를 하는 것이다. 그래서 특별한 일이 아니면 저녁을 늦게 먹지 않는다. 그러다 보니 아침 식사를 일찍 하게 되고, 점심도 11시~12시에 먹는다. 그 때문에 저녁을 늦게 먹는 날엔 꿈을 많이 꾸게 되어 잠을 못 자며, 이튿날 아침엔 밥맛도 없다. 속이 불편하면 기분도 좋지 않은데, 음식을 담백하게 소식하면 심신이 평안해진다.

자아는 지정의의 작용 자체는 물론 외부 환경과 작용하는 것 자체이므로, 자아성찰 역시 그것을 살펴야 한다. 파도처럼 쉴새 없이 일어나는 지정의의 작용이 내가 찾고 있던 자아였지만, 자아성찰의 이상은 현재진행형으로 심지체감心知體感하는 것을 성찰하는 것이다. 나의 생명이 진정 나의 것이 되기 위해서는 심신이 일체를 이루어야 하고, 그것을 느끼며 행복하기 위해서는 그것을 성찰해야 하기 때문이다.

이번 여정의 주제는 생명이었다. 그런 생명을 오래 지키며 행복하게 사는 방법은 무엇일까? 오리는 자맥질을 해도 몸이 젖지 않기 위해서는 끊임없이 깃털에 기름을 발라야 하고, 떠내려가지 않기 위해서는 발로 물을 저어야 한다. 우리의 심신도 조화를 유지하기 위해서는 여러 면에서 현재진행형으로 자기 관리를 해야 한다. 그래서 『주역』에서 "하늘의 운행이 튼튼하니, 군자도 스스로 굳세게 하는 수양을 멈추지 않는다"[3]고 말한 게 아닐까?

---

3 『周易』乾卦: 天行健, 君子以自彊不息.

절터골-묵호역

2019. 10. 10. – 10. 11. Course 30 절터골 ▶ 공양왕릉입구 14.7km
Course 31 공양왕릉입구 ▶ 맹방해변 9.8km
Course 32 맹방해변 ▶ 추암해변 22.3km
Course 33 추암해변 ▶ 묵호역 13km

이번 트레킹의 주제는 '양심'이다. 양심이란 무엇인가? 그것은 역사적으로 수많은 철학자나 수도자가 찾고자 했던 하나의 화두였다. 최근 뇌과학자들은 공감하거나 직관하는 기관으로서의 섬엽insula을 '양심'이 사는 곳이라고 말한다.[1] 필자도 관념적인 것으로서의 본성보다, 경험할 수 있는 것으로서의 양심을 논하고자 한다.

이번 도보여행은 버스를 타고 이동했기 때문에 아래 지역에서 순서대로 가기 어려웠다. 그래서 먼저 32~33번 코스는 묵호에서 덕산항을 향해 아래쪽으로 걷고, 30~31번 코스는 장호항에서 덕산항을 향해 위쪽으로 걸었다.

---

1 크리스티안 케이서스 저, 고은미, 김잔디 역, 『인간은 어떻게 서로를 공감하는가 – 거울뉴런과 뇌 공감력과 메커니즘』(The Empathic Brain, 2011.), 바다출판사, 2018. 145쪽 참조.

해파랑길 몽돌소리

114

2019.10.10. 6시 20분 춘천에서 버스로 출발하여 동해에 도착하니 8시 50분이 되었다. 바로 해변을 향해 동쪽으로 가니 해변이 보이고 해파랑길을 만나게 되었다. 33번 코스는 묵호항에서 추암秋岩까지이다. 해파랑길이 자동차 길과 나란히 가는 데다가 제1함대사령부와 임해공단이 해변에 있어 바다는 보이지 않고 매연에 숨쉬기가 힘들다.

　　북평교를 건너니 천변을 따라 길이 조성되어 숨통이 트인다. 북평교 남단에 누각이 하나 있는데, 이름은 장흥고각場興鼓閣이고 누각 안에는 큰 북이 들어있다. 고구려 시대에도 고각鼓閣이 있었다고 하는데, 이곳의 고각은 조선 시대의 유래를 따라 재현한 것이라 한다.

북평의 장흥고각(場興鼓閣)

절터골-묵호역

천변을 따라가다 보니 만경대萬景臺라는 안내판이 있어 올라가 보니 산 위 송림 속에 정자가 하나 있었다. 그것은 조선 시대 동래부사를 지낸 김훈金勳이 1613년에 지은 것으로서 그 후 여러 번 중수했다. 지금의 것은 1924년에 새로 지은 것으로서 삼척 김씨 문중에서 관리하고 있다.

●

萬景臺 만경대   _ 심영경(沈英慶, 1829~?)

높은 누대 바다 동쪽을 누르는데
누대의 달과 구름은 고금이 한가지네
만경이란 이름 읍지에 등재되어
백 년 동안 가풍을 꺼들어 계승하네
초막 아래 자라가 머리에 쓸 섬 눈높이로 보이는데
뜰 앞에 봉황이 살 오동나무 많이 심었네
천 리 죽서루에서 올라온 길손
봄이 오자 꽃들을 찾아왔네

崇臺直壓大瀛東, 臺月臺雲今古同.   숭대직압대영동, 대월대운금고동.
萬景傳名登邑誌, 百年重搢繼家風.   만경전명등읍지, 백년중청계가풍.
廬下平看鰲戴島, 庭前多植鳳棲桐.   여하평간오대도, 정전다식봉서동.
千里竹西樓上客, 春來一訪百花中.   천리죽서누상객, 춘래일방백화중.

萬景臺 만경대   2019.10.10. 南相鎬

전면 4칸 측면 2칸의 정자
노송과 함께 바다 바라보며 파도 소리 즐겼겠지
문도 자물쇠도 없으니 언제라도 와서
시 지어 노래 부르며 새들과 겨루어보세

前面四間側面二, 與松觀海樂波聲.   전면사간측면이, 여송관해낙파성.
無門無鎖隨時到, 弄韻唱歌與鳥爭.   무문무쇄수시도, 농운창가여조쟁.

　　해변에 이르니 호해정湖海亭이 있어 가보니, 만경대와는 정반대로
셀 수 없을 만큼 많은 시판이 빼곡하다. 호해정은 주민들이 광복기념
으로 1946년 가춘계佳春契를 결성하여 지은 것이라 한다. 18평의 정자
앞에는 두타산에서 흐르는 전천箭川이 동해로 흘러들어 호해정이라
하였으며, 정자 옆 탑비에는 다음과 같은 시문과 번역문이 들어있다.

麻姑岩의 전설 마고암의 전설   _최윤상(崔潤祥)

아래로는 바다를 진압하며 위로는 하늘을 머리에 이고
광활한 천지에 높이 우뚝 앉아 있어
편안한 자취가 마치 마고와 같으니
선녀가 천년 뒤에 홀연히 나타나 돌이 되었구나

下壓滄溟上戴天, 乾坤大處坐巍然.   하압창명상대천, 건곤대처좌외연
依俙宿跡麻姑似, 幻出千年石是仙.   의희숙적마고사, 환출천년석시선

　호해정에서 추암까지는 도보로 30분 거리이다. 추암에 이르니 이미
12시가 되었다. 먼저 점심으로 회덮밥(12,000원)을 먹었다. 시장이
반찬인가 아주 맛있다. 식사 후 힘이 나고 기분도 좋아져 해암정海巖
亭 내부를 둘러보았다. 삼연 김창흡(三淵 金昌翕, 1653~1722)의 시에

능파대(凌波臺)

후대 시인들이 차운시를 지어 시판을 걸었다. 그것은 우리 시 문화의
특징 중 하나이다.

해변에는 석회암이 물에 녹아내려 기묘한 형상을 하고 있다. 그중
뾰족한 것이 촛대 같은 추암漱巖이 있어 사람들은 그것을 배경으로
사진을 찍는다. 자연의 솜씨에 감탄할 뿐이다. 지난해 이곳에 왔을
때 지은 시를 함께 편집한다.

凌波臺 능파대　　　　　　　　　　　삼연 김창흡(三淵 金昌翕, 1653~1722)

수많은 돌이 능파대를 둘러싸고 푸른 물결 바라보는데
꽃들은 쇠잔한 모습으로 떨어지네
자라 새끼는 구름 머리에 이고 세상 좁다 하고
신선 같은 노인은 홀로 웅크리고 앉아 발 시리다 하네
물결은 산골짜기를 깨끗이 양치질하며 아름다운 소리를 내는데
바닷말은 민둥산을 끌어안아 이끼 꽃으로 얼룩덜룩
천태만상을 다 그리려면 모름지기 천 일은 걸릴 텐데
시상은 짧고 조정에는 가야 하니 말 세우고 본다네

萬石環臺瞰碧瀾, 衆香餘脉落屛顏.　　　만석환대감벽란, 중향여맥락잔안.
鰲兒小戴雲根窄, 僊叟孤蹲玉趾寒.　　　오아소대운근착, 선수고준옥지한.
浪漱嵌空鐘律會, 藻延嶢屼蘚花斑.　　　낭수감공종률회, 조연요올선화반.
描窮萬態須千日, 意短崇朝立馬看.　　　묘궁만태수천일, 의단숭조립마간.

＊屼: 민둥산 올

湫岩海巖亭 추암의 해암정에서 　　　　　　　　　　_2018.5.9. 南相鎬

바다의 비바람 얼마나 지나갔을까?

석회암은 뼈다귀만 앙상하게 남았네

혹시 진정 그런 수양 하려 했나?

누가 옛 정자의 시판을 깊게 새겨놓았네

風雨有多少, 灰岩只遺骸. 　　　　　　풍우유다소, 회암지유해.

或如誠學習, 深刻古詩牌. 　　　　　　혹여성학습, 심각고시패.

다시 길을 가다 보니 길 이름이 수로부인길이다. 수로부인은 신라 경덕왕(742~765)의 장모일 것이라고 추측되는 사람이다. 『삼국유사』에는 수로부인과 관련된 두 가지 설화가 기록되어 있고, 이 두 설화는 각각 〈헌화가〉獻花歌와 〈해가사〉海歌詞가 있다.[2] 〈헌화가〉는 노인이 꽃을 꺾어 수로부인에게 헌화하는 노래이고, 〈해가사〉는 바다 거북이에게 수로부인을 내놓으라는 노래이다. 지은이가 누군지 알 수 없다.

獻花歌 헌화가 　　　　　　　　　　　　　　　　_작자미상

자주빛 바위 가에

잡은 암소 놓게 하시고

나를 아니 부끄러워하시면

꽃을 꺾어 바치오리다

---

2 네이버 지식백과 참조.

紫布岩乎過希,　　　　　자포암호과희
執音乎手母牛放教遣,　　집음호수모우방교견
吾肹不喩慚肹伊賜等,　　오힐불유참힐이사등
花肹折叱可獻乎理音如.　화힐절질가헌호리음여

●

海歌詞 해가사　　　　　　　　　　　　　　　작자미상

거북아 거북아 수로를 내 놓아라
남의 부녀를 빼앗아 간 죄가 얼마나 크냐
네가 만약 거역하고 내놓지 않으면
그물로 잡아 구워 먹으리라[3]

龜乎龜乎出水路, 掠人婦女罪何極.　구호구호출수로, 약인부녀죄하극
汝若悖逆不出獻, 入網捕掠燔之喫.　여약패역불출헌, 입망포략번지끽

추암 옆의 해암정(海巖亭)

3 최광식, 박대재 역, 『삼국유사』1, 서울: 고려대학교출판부, 2014, 450쪽.

절터골—묵호역

臨海亭 임해정

_ 2019.10.10. 南相鎬

같은 사물에도 각기 다른 감정 갖지만
아내 잃었으니 선비 어찌 안 놀라랴?
노래 부르는 여유 인명도 구하니
죽음 앞에서 하는 말도 새털처럼 가볍게

同物各人有異情, 失婦碩士怎無驚.   동물각인유이정, 실부석사즘무경.
唱歌餘裕可存命, 臨死遺言若羽輕   창가여유가존명, 임사유언약우경.

추암해수욕장변의 임해정(臨海亭)

추암해수욕장 옆 수로부인길 가에는 남편 순정공과 수로부인이 점심을 먹는데 바다거북이, 또는 구룡龜龍이 수로부인을 납치했다가 돌려주었다는 『삼국유사』의 기록을 배경으로 그곳을 '해가사의 터'라 하고, 임해정臨海亭도 새로 지었다. 임해정 앞에는 사랑의 여의주dragon ball를 만들어 놓고 그것을 돌려서 용을 타고 있는 수로부인의 그림이 자기 앞에 서면 사랑을 이루거나 소원을 이룬다고 한다. 젊은 남녀는 자기들의 사랑을 확인해보려는 것인지 여의주를 계속 돌리고 있다.

오전에 너무 악조건에서 걸어서 그런지 추암해수욕장 바닷가 길이 새삼 좋아 보인다. 오늘 가장 중요한 것은 35㎞를 완주하면서 자아 찾기와 관련하여 양심이란 무엇인가 생각해보는 것이다. 걸을수록 많이 걸을 수 있고 빨리 걸을 수 있게 되는 체력의 변화 이외에, 마음이 담백해지고 있는 것이 느껴진다. 단지 걷기만 할 뿐인데 마음이 담백해지는 것은 무슨 까닭일까? 해파랑길을 가던 어떤 사람과 잠시 이야기를 나누었는데, 그도 나와 같은 느낌을 얻은 모양이다.

삼척항 가까운 곳에 소망의 탑이 있고, 소망의 종까지 매달아 놓았다. 종을 치면서 해파랑길 완주를 빌어보았다. 조금 지나니 바닷가 갯바위 위에 다리를 놓고 정자를 멋지게 지어 아름답게 단청도 했는데 이름이 없다. 일부러 이름을 짓지 않은 것일까? 이름을 아예 무명정이라 부르는 것은 어떨까?

삼척해변 야경

無名亭 이름 없는 정자   _2019.10.10. 南相鎬

도는 본래 이름도 없고 이름 지을 수도 없다 하니
해변의 정자 조금도 놀라지 않네요
마음 비우고 붉은 노을 바라보며
조용히 앉아 부서지는 파도 소리에 귀 기울이지요

道本無名不可名, 海邊亭子莫微驚.   도본무명불가명, 해변정자막미경.
致虛遠望紅雲彩, 守靜傾聽破水聲.   치허원망홍운채, 수정경청파수성.

삼척항이 가까워지자 구름도 걷혀 가을 햇볕이 따갑다. 햇볕에 생선
을 말리는데 비린내도 거의 나지 않는다. 길 건너편 삼척 꽈배기 핫도
그 가게에서 꽈배기를 3개(2000원) 사 먹었다. 찹쌀 꽈배기인가 쫄깃
하고 고소한 게 일품이다. 오십천을 건너는 삼척교를 지나 한재, 또는

삼척해변 무명정과 새벽 자전거여행자들

한치漢峙를 넘어갔다. 한재 꼭대기엔 2층 팔각정이 하얀 화강암 다리
를 드러내고 바다를 내려다본다. 5시 가까이 되어 맹방해변에 도착했
다. 더 이상 걸을 수 없을 정도로 다리가 아프고 무거워 삼척으로 돌아
가 쉬기로 했다. 정류장에서 카카오 맵을 켜서 출발지와 도착지를 누
르고 버스를 선택하니 버스 도착 시간을 실시간으로 알려주었다. 배
움엔 끝이 없다. 삼척터미널 옆에서 저녁으로 월남볶음밥(6,000원)을
먹었다. 식당에서 죽서루가 얼마 안 되는 곳인데, 여러 차례 가본 곳이
어서 생략하고, 예전에 지은 시와 부를 함께 편집한다.

竹西樓 죽서루에서   2018.5.9. 南相鎬
　누정의 주춧돌은 만년의 기반
　오죽도 새봄 맞아 길게 자랐네
　오리들 오십천 산 그림자 가로지르니
　시인들 시 읊으며 난간에 기대어 보네

樓亭礎石萬年壇, 烏竹迎春再出竿.　　　누정초석만년단, 오죽영춘재출간.
鳧雁划川橫倒影, 騷人弄韻倚華欄.　　　부안화천횡도영, 소인농운의화란.

竹西樓賦 以‘古樓烏竹’爲韻
‘고루오죽’을 운자로 삼아 짓다   2018.5.9. 南相鎬

오리야 물오리야, 왜 물을 휘젓느냐? 시인들 물에 얼굴 비춰 보려 하는
데, 휘저으면 어찌 볼 수 있겠니? 오리는 뭇 새 중 하나이지만, 물은 최고
선의 원조라. 세상에 도가 있으면, 백성이 따라 한다네. 도는 극단적인

데 있는 게 아니고 자연스레 물 흐르듯 하면 되고, 생명을 지키는 것은 많은 데 있는 것이 아니고, 만고의 진리 적당함을 따르면 되는 것이라네. 신령스런 산 태백의 정기, 오십천 따라 모여드네. 북에는 절벽, 남에는 모래톱. 그 절벽은 하나의 누각을 세울만하고, 그 모래톱은 새들을 쉬게 할 수 있네. 사람과 금수 함께 어울려 즐기네. 그 유래 알 수 없지만, 인정을 기르고 본성을 회복할 수 있는 누각이라네.

옛 누각도 가르침이 있거늘, 어찌 양민을 억지로 가르치려 하는가? 봉황이 하늘을 날아도 오동나무에 깃듦을 안다네. 준경은 심산유곡에 거주하며 조선왕조를 일으켰지만; 공양왕은 바다 언덕에 유배되어 고려왕국 잃었다네. 한 번 흥하고 한 번 망하는 것 만물의 숙명이라. 안위는 함께 움직이는 것, 담장 낮추어 태양을 맞이하네.

그러므로 국가가 백성을 기름에는 양곡을 우선으로 하지만, 사람에게 학문과 행실을 가르침에는 솔성과 신독이 제일이라. 만약 백성을 잘 먹여 살리려면 맑은 바람 부는 난간에서 삿된 욕심 날려버려야 하고, 만약 학행에 통달하려면 빨리함에서 구하려 하지 않아야 한다네. 현명하게 통달한 선비는 국가를 흥성하게 하고, 이웃과 화목하며 민족을 화합하게 한다네. 위대하도다! 삼척 죽서루여! 대나무와 천년을 벗하다니!

鳧兮鳧兮, 何以來檣? 騷客觀水, 亂水何覩? 鳧則萬鳥之一種, 水則上善之元祖. 天下有道, 黎民效矩, 道不在極, 從流水之自然; 生不在重, 隨適欲之萬古. 靈山太白精氣, 從碧川蒐. 北有懸壁, 南有沙嘴. 之壁也, 可托一座樓; 之嘴也, 能受衆鳥休. 人獸相配, 無碍仙遊. 不可相考來歷, 養人情復性樓.
古樓有誨, 敎民何驅? 鳳凰飛天, 能知歸梧. 濬慶居幽谷, 興發朝鮮王朝; 恭讓謫海坡, 滅失高麗中樞. 一興一亡, 物之命乎! 安危一起擧動, 降墻壁迎金烏.
故國有養百姓, 于先糧穀. 敎人學行, 率性愼獨. 若養民至誠, 請忘機於淸軒;

삼척 죽서루

삼척 죽서루

절터골—묵호역

죽서루에서 본 오십천의 물오리

구름 떠가는 오십천

해파랑길 몽돌소리

若學行通達, 請不求於迅速. 賢達眞士興國家, 和隣合民族. 大㲄三陟竹西<u>樓</u>, 千年友與烏<u>竹</u>!

부해부해, 하이래노? 소객관수. 난수하도? 부척만조지일종. 수척상선지원조. 천하유도. 어민효구, 도부재극, 종유수지자연; 생부재중, 수적욕지만고. 영산태백정기, 종벽천수. 북유현벽, 남유사주. 지벽야, 가탁일좌루; 지주야, 능수중조휴. 인수상배, 무애선유, 불가상고내력, 양인정복성루.
고루유회, 교민하구? 봉황비천, 능지귀오. 준경거유곡, 홍발조선왕조; 공양적해파, 멸실고려중추. 일홍일망, 물지명호! 안위일기거동, 강장벽영금오.
고국유양백성, 우선양곡. 교인학행, 솔성신독. 약양민지성, 청망기어청헌; 약학행통달, 청불구어신속. 현달진사흥국가, 화린합민족. 대재삼척죽서루. 천년우여오죽!

* 대나무의 꽃말은 '정절·지조·청결·인내'이다. 특히 烏竹의 꽃말은 '차별'이다. 선비정신은 보통 사람과 차별되는 '정절·지조·청결·인내'를 가지고 있기 때문일 것이다.
* 봉황새는 대나무 열매만 먹고, 오동나무에 집을 짓는다고 한다.
* 이것은 변려문(騈儷文)인 〈등왕각서(滕王閣序)〉의 작자로 유명한 왕발(王勃, 650~676)이 지은 율부(律賦)인 〈한오서봉부(寒梧棲鳳賦)〉의 형식으로 지은 것이다.
* 2018.5.9. 춘천문화원 한시반원들과 삼척 죽서루를 다녀와서 지은 시와 부이다.

　여행자들이 찜질방을 추천하여 저녁엔 찜질방에서 머물기 위해 버스를 타고 동해시로 갔다. 24시간 찜질방엔 생전 처음이다. 찜질방 문화를 전혀 알지 못하고 갔다가, 시끄럽고 이불도 없어 잠을 잘 수가 없었다. 그런 문화를 즐기는 사람도 있는 것 같지만 나에겐 무리였다.
　2019.10.11. 아침 식사로 해장국(7,000원)을 먹은 후 동해에서 버스를 타고 삼척 버스터미널에 온 다음, 9시 20분에 24번 시내버스를

타고 장호항으로 갔다. 도착하니 벌써 10시 10분이 되어 걷기 시작하는데, 항구에 어선이 들어오자 환영식이라도 하는 듯 갈매기 떼가 일제히 날아든다.

　장호리의 항만 형상이 장오리와 흡사하여 옛날에는 장울리藏鬱里 또는 장오리藏吾里라 하였는데, 지금은 장호리藏湖里라고 부른다. 장호항 해상케이블카 커피숍에서 보면 남북 해안이 모두 보인다. 남쪽의 갈남항 앞바다에는 월미도와 여러 개의 바위섬이 있어 파도를 막아주고 있고, 북쪽에는 장호항과 장호해수욕장, 그리고 용화해수욕장이 있어 아름답다. 그래서 사람들은 장호항과 갈남항 일대를 한국의 나폴리라고 부른다.

삼척 해상케이블카 북쪽 장호항

해변에서 큰길로 나가 7번 국도를 따라 초곡리로 갔다. 국도 한 편에 조그마한 정자는 이름도 없지만 길손을 기다리고 있다. 고개를 넘어가니 지난번 태풍 피해로 길이 무너져 보수공사를 하고 있다. 초곡리는 올림픽 마라톤 금메달리스트 황영조의 고향이기 때문이라 기념관도 세웠다. 문암해변을 거쳐 궁촌宮村을 지났다. 처음에는 궁촌의 궁자가 궁궐을 의미하는가 생각했다. 농어촌의 삶이 다 거기가 거기인데 특별히 궁촌이라 할 이유는 없을 것 같다. 혹시 공양왕을 기준으로 곤궁하다는 뜻으로 지은 이름이 아닐까? 궁촌 바닷가 언덕에는 공양왕의 능과 아들의 묘가 있다. 지난해도 이곳에 온 적이 있다. 왕릉 앞에는 산달래가 지천이다. 공양왕릉 제단에 산달래 몇 뿌리가 놓여 있었다.

삼척 해상케이블카 남쪽 갈남항

절터골—묵호역

<hr />

高麗恭讓王陵 고려 공양왕릉을 참배하고 　　　　　 _2018.5.9. 南相鎬

비운의 공양왕 삼척 해안에 잠드니
송죽이 늘어서서 바다 풍파를 막아주네
누가 제단 위에 산달래 올려놓았는데
혹시 왕의 외로움 달래주려는 걸까?

悲運讓王眠海坡, 竹松一列禦風波.　　　비운양왕면해파, 죽송일열어풍파.
有人石上陳山蒜, 或是慰安孤獨窩.　　　유인석상진산산, 혹시위안고독와.

　궁촌을 지나니 1㎞ 이상 되는 사래재를 넘어야 한다. 곧은길의 고갯
마루가 보이지만 힘들고 지루하기 짝이 없다. 고개를 넘으니 산 중턱
에 힘든 나를 잠시 쉬어가라는 듯 장송이 긴 다리를 뻗고 정자처럼 서

있다. 궁촌에서 점심을 먹으려 식당을 찾았으나 없어서 고개를 넘어
가니 순두부집이 있었다. 반가웠다. 식사 후 음식점 옆으로 흐르는 마
읍천변 북쪽 길을 따라 덕산항 쪽으로 갔다. 덕산항 못 가서 근덕 방향
으로 다리를 건너갔다. 춘천으로 돌아가기 위해서는 1시간에 한 번 있
는 시내버스를 타야 하기 때문이다. 근덕에 도착하니 2시 15분이 되었
다. 삼척 시외버스터미널에서 3시 10분 버스로 동해, 강릉을 거쳐 춘
천으로 돌아오니 6시가 넘었다.

   이번 여정의 주제는 양심이었다. 이틀간 더 걸을 수 없는 한계까지
걸으니, 마음속이 오히려 담백해지고 조용해졌다. 그것이 본래 나의
양심을 보여주는 것일까? 그렇게 걷다 보면 보다 진실한 나를 볼 수
있겠지 하는 기대감으로 이번 여행을 마친다.

묵호역 – 정동진역

2019.10.25.   Course 34 묵호역 ▶ 옥계시장 19.2㎞
Course 35 옥계시장 ▶ 정동진역 13.4㎞

이번 트레킹의 주제는 '불안'이다. 불안은 도대체 어디서 오는 것일까? 불안은 무지함 때문에 생기는 경우가 많다. 젊은 시절에는 장래에 대한 불안, 중년에는 노년에 대한 불안, 노년에는 건강에 대한 불안 등이다. 하지만 매일 반복되는 일과 익숙한 장소에서는 그 일과 장소에 대해서는 아는 것이 많아 그것을 바탕으로 미래예측이 가능하고, 미래예측이 가능한 만큼 불안감도 그만큼 적어진다. 결국 그런 불안은 미지의 것에 대한 불확실성이 나의 생존을 위협할 수 있어서 생기는 것이므로 생존불안이라고 할 수 있다.

도덕 양심을 따르지 못해 생기는 양심불안도 있다. 공자가 부모의 3년 상을 반대하는 제자 재아宰我에게 "네 마음이 편하면 하라! 군자는 거상 중 음식을 먹어도 맛있지 않고, 음악을 들어도 즐겁지 않으며, 거처도 편안하지 않으므로, 그런 것들을 행하지 않는다."고 말

---

1 『論語』「陽貨」19: 女安則爲之! 夫君子之居喪, 食旨不甘, 聞樂不樂, 居處不安, 故不爲也.

했고, 그를 불인(不仁)한 사람이라고 평가했다. 그런 양심불안은 인(仁)한 마음을 위배할 때 생기는 것으로서, 무지 때문에 생기는 생존불안과는 다른 것이다. 왜냐면 인에 대해 이론적으로 잘 안다고 하여 불안감이 없어지는 것이 아니기 때문이다. 양심불안은 인한 마음을 따라 실천하기만 하면 사라지는 것이다. 물론 그런 현상을 뇌 속 섬엽insula의 공감 작용으로 설명하는 학자도 있다.[2]

   2019.10.25. 8시 45분 묵호 버스터미널에 주차해놓고 출발했다. 아침 묵호항 어시장은 이미 죽은 어물을 놓고 하는 경매이지만 분위기는 살아 있는 물고기처럼 활기가 넘친다. 묵호항을 지나 북쪽으로 올라가니 반잠수정을 탈 수 있는 어달해변이 나오고, 그 다음에 대진(大津)해변이 나온다. 대진항이란 이름의 항구는 강원도 고성과 경북 영덕에도 있다. 구름이 끼고 이슬비가 약간 내려서 그런지 아무도 없는 해변 모래밭엔 갈매기들만이 우두커니 서 있다. 파도가 높아 어선들이 항구에 묶여 있는데, 작은 어선 하나가 거친 파도를 헤치고 항구로 들어오는 모습이 용감해 보인다. 망상해수욕장에 이르니 해안선이 길어서 파도도 스크럼을 짜고 큰소리치며 달려든다. 구름이 짙게 드리워 바닷물 색도 시커머니 무섭다. 자전거길 옆 조릿대는 푸르른 것이 계절도 모르는 것 같다.

2 크리스티안 케이시스 저, 고은미, 김잔디 역, 『인간은 어떻게 서로를 공감하는가 - 거울뉴런과 뇌 공감력과 메커니즘』(The Empathic Brain, 2011.), 바다출판사, 2018. 145쪽 참조.

黃菊 황국   _2019.10.25. 南相鎬

길가 황국 찬바람이 흔드니
길손은 겨울 걱정에 가는 길 재촉하네
이처럼 내 인생 쉼 없이 달려왔으니
잠시 가던 길 멈추고 맑은 향기 맡아보네

路邊黃菊北風湯, 老客憂冬促上崗.   노변황국북풍탕, 노객우동촉상강.
如此吾生無一息, 暫時止步享淸香.   여차오생무일식, 잠시지보향청향.

  가을이 되니 해변에도 낙엽이 날린다. 망상해수욕장 중간 부분에
온천이 있는데 해파랑길 안내표지는 그쪽을 가리키고 있다. 따라가다
가 산길에 자신이 없어 돌아 나와 국토 종주 동해안 자전거길을 따라
옥계 방향으로 갔다. 곧은길이어서 지루한데, 해변의 한옥촌이 눈길

을 끈다. 발끝을 보며 발자국 따라 호흡을 맞추다 보니 어느새 옥계에 도착하였다. 임해공단이지만 사람들의 그림자는 보이지 않고 길가 언덕에 심어놓은 들국화가 코를 잡아끈다.

12시 반이 되어 솔밭에 자리하고 있는 한국여성수련원에 이르렀다. 온 길을 계산해보니 이미 4시간에 12㎞를 걸었다. 수련원 직원식당에서 점심(6,000원)을 먹고, 커피(2,000원)도 한잔 마셨다. 주인아주머니가 커피 맛있냐고 묻는다. 아무도 나에게 말을 거는 이가 없는데, 말 걸어주니 고마웠다.

1시에 출발하여 나오는 길에 송림 옆을 한참 걷게 되었다. 소나무는 자기 몸에서 나온 가지의 그늘도 싫어한다. 그래서인지 송림 가장자리 소나무는 안쪽 소나무보다 훨씬 기품이 있고 건장해 보인다. 송림을 지나 심곡항을 향해 걷다 보니 금진 해수욕장이 나온다. 수십

금진해변의 몽돌

명의 노인이 노란색 조끼를 입고 모래사장에 떠밀려온 부유물을 수거하느라 고생하고 있다. 게다가 무슨 이물질 때문인지 바닷물의 색깔이 약간 검다. 몽돌이 있는 금진해변에서는 자그락~ 자그락~, 타다닥~ 타다닥~ 소리가 난다. 파도가 몽돌을 밀고 왔다가 끌고 나가는 것을 반복할 때 돌끼리 부딪쳐 나는 소리이다. 해파랑길 35번 코스 중 금진해변에서 정동진해변까지의 절벽에 기암괴석과 바위에 부서지는 파도가 연출하는 해변 풍광은 정말로 아름답다.

35번 코스의 자동차길 이름이 헌화로獻花路이다. 헌화로는 정동진역 앞 삼거리에서 옥계면 낙풍리 낙풍사거리까지인데, 동해안 해변가에는 수로부인 고사와 〈헌화가獻花歌〉와 〈해가사海歌詞〉를 돌에 새겨놓았다. 수로부인은 동해의 여신인 듯하다. 동해 추암 옆 길 이름도 수로부인길이고, 삼척 원덕에도 수로부인헌화공원이 있어 그를 기리고 있다. 각 지역에서 문화 캐릭터에 목말라하는 이유는 무엇일까?

심곡항에 도착하니 2시 20분이 되었다. 부채바위까지는 왕복 50분, 투구 바위까지는 왕복 90분이 걸리며, 썬크루즈까지는 왕복 140분이 걸린다. 내일과 모레 여정도 있어, 오늘은 일정상 부채 바위까지만 왕복했다. 경관이 아름다우니 혼자 온 것이 아내에게 미안하여 동영상을 찍어 보냈다. 아내가 동영상을 보고 "파도 소릴 들으니 너무 좋아 눈물이 날 것 같네요"라는 문자를 보내 왔다. 나는 혼자 온 게 미안하다고 답장을 보냈더니, 오히려 "아니요. 당신이 건강해서 그렇게 다니는 게 얼마나 좋은데요. 즐겁게 다녀요"라는 회신이 왔다. 양심불안을 시로 달래본다.

扇子巖海菊 부채바위 해국 _2019.10.25. 南相鎬

벼랑 위의 가을 해국
누굴 위해 한 가지 꺾어보나?
쉬지 못하고 손녀 보느라
아내는 종일 바쁘니

懸崖秋海菊, 爲孰採鮮香.   현애추해국, 위숙채선향.
無息顧孫女, 愛妻終日忙,   무식고손녀, 애처종일망,

심곡 부채바위 가는 길

搗練子, 海扇棧道 심곡부채길의 잔도　　　　　　_2020.2.12. 南相鎬_

신선은 길을 끊었지만, 사람들이 계단 만들어,
여행객들 편안히 험한 절벽 오르네.
절벽의 기이한 바위 사랑 이야기 전해오니,
혹시 해국 꺾어 비녀 만들려 하나?

仙斷路, 衆連階, 遊客平安上險崖.　　　선단로, 중연계, 유객평안상험애.
懸壁奇巖傳愛事, 或如採菊做花釵.　　　현벽기암전애사, 혹여채국주화채.

　운동을 하면 뇌에서 뇌의 경찰이라 불리는 세로토닌이 많이 분비되어 감정을 조절할 수 있다는 것이다. 이렇게 많이 걸으면 몸은 천근만근이지만 마음이 새털같이 가벼워지는 까닭도 바로 세로토닌의 작용인 것이다. 심지어 불안장애 환자의 경우 매일 아침 30분간 유산

소운동을 하고 1시간씩 요가를 한 결과 스스로 불안감을 통제할 수 있게 되었다는 것이다.[3] 유산소운동이 불안감을 해소해준다는 것이 알려진 것은 오래되었다.

3시에 심곡항에 돌아와 묵호로 가는 시내버스를 물었더니, 금진해수욕장까지 가는 것밖에 없다고 한다. 하는 수없이 시내버스를 타고 정동진역에 간 다음, 4시 40분 열차(2,600원)를 타고 묵호항으로 돌아왔다. 묵호시장에서 저녁(5,900원)을 먹고, 금강산건강랜드찜질방(8,000원)으로 갔다. 70이 넘으면 할인해준다며 나이를 묻는다.

이번 여정의 주제는 불안이었다. 우리는 사는 동안 여러 이유로 많은 불안을 느낀다. 해파랑길 걸으면 행복해지는데, 마음 한구석에 아내에게 느끼는 미안함의 정체는 과연 무엇일까?

---

3 존 레이티, 에릭 헤이거먼 지음, 이상헌 옮김, 『운동화 신은 뇌』, 서울: 녹색지팡이, 2017. 60쪽과 130쪽 참조.

정동진역-사천진리해변

2019.7.5. - 7.7 `Course 36` 정동진역 ▶ 안인해변 9.5㎞
`Course 37` 안인해변 ▶ 오독떼기전수관 17.8㎞
`Course 38` 오독떼기전수관 ▶ 솔바람다리 18.5㎞
`Course 39` 솔바람다리 ▶ 사천진리해변 16.1㎞

　이번 트레킹의 주제는 '이소離巢'이다. 이소란 어미새가 아기새를 데리고 보금자리 떠나는 것을 말한다. 나도 모처럼 집을 떠나 자연 속을 거닐어 보려는 것이다. 예전부터 며칠이고 비가 오든 눈이 오든 무작정 아무 데나 걸어보고 싶다는 바람이 있었는데, 마침 친구 양사장이 해파랑길을 함께 걷자는 제안을 해서 강릉 정동진으로 가게 되었다.

　2019.7.5. 7시에 집에서 나와 춘천 시외버스터미널에 갔더니 8시 차였다. 30분 기다리게 되었다. 젊은이들 같으면 스마트폰 하나로 시간 체크는 물론 예매까지 해 그런 시간 낭비는 없었을 텐데. 1시간 45분 걸려 강릉 시외버스터미널에 도착했다. 새로 뚫린 서울-양양고속도로 덕이다. 시내버스는 2시간에 한 번 있는데, 다행히 조금 기다리니 버스가 왔다. 정동진까지는 약 40분 걸려 도착했다. 모래시계공원이 보인다. 벌써 11시가 되어 배가 고프다. 초당두부(9,000원)를

먹었다. 관광지라 그런지 비싸기만 하고 맛은 별로다. 그런데 햇빛에 반짝이는 파란 바닷물과 하얀 모래사장이 기분을 돋운다.

오늘이 동해안 해수욕장 개장일인데, 사람들은 거의 보이지 않는다. 모래시계 공원을 거쳐 비치 크루즈 앞 해변을 갔다. 호텔 전용해변이기 때문인가 이국적으로 꾸며놓은 해변이 아름답다. 돌아오는 길에 선 크루즈 커피숍에서 커피 한잔(아메리카노 4,000원)하며 더

위를 식혔다. 2시 반까지는 2시간 이상 남았기 때문이다. 하지만 에어컨 가동을 안 해서 덥고, 손님도 어떤 부부가 창가에서 커피를 마시고 있을 뿐이었다. 해수욕장 개장일이 무색하다. 경기가 죽었다는 말이 터져 나오는 현장이다.

멀리 쾌속선이 하얀 선으로 바닷물을 가르고, 관광용 요트도 관광객을 태우고 해안을 미끄러지듯 나간다. 한가함이 적막하기까지 하지만 모처럼 여행 온 나는 기분이 그만이다. 멀리 북쪽 해안에는 조그마한 어촌이 보이는데 안인진항이다.

正東津 정동진에서   _2019.7.5. 南相鎬

시끄런 도시 떠나 대관령 넘어 강릉에 이르니
바닷물 오염 없어 깨끗하네
쾌속선 별천지를 나르니
갑자기 기분 바람 타고 하늘을 날아오르는 듯

離騷越嶺到江陵, 海水無塵滿潔澄.   이소월령도강릉, 해수무진만결징.
一隻快船飛度外, 忽然心氣御風昇.   일척쾌선비도외, 홀연심기어풍승.

  오늘은 해안에 있는 괘방산(343m)을 넘어 안인항으로 갈 예정이
다. 트레킹 코스는 해파랑길 36번 코스로서 정동진역에서 안인항까
지 9.5km이다. 사정상 중간에 있는 당집에서 등명항 쪽 중간 코스로

선 크루즈 앞 해수욕장

하산하여 약 6㎞ 정도 산행을 하였다. 마음먹고 시작한 일이라 좀 아쉬운 마음도 있지만 처음부터 무리하지 않은 게 오히려 잘 되었다. 인간의 마음은 편리한 존재이다. 어떻게든 적당히 해석하고 이해해야 지나갈 수 있는 것은 물론, 변명도 잘한다. 그래야 마음이 편하기 때문일까? 그것은 자기기만이 아닐까?

저녁은 남동화력발전소 뒤에 있는 고향횟집에서 물회와 가자미회를 먹었다. 오늘 밤은 친구네 별장에서 묵기로 했다. 산으로 둘러쳐진 별장 지역인데, 골프장도 바로 앞에 보인다. 10시가 넘도록 추억담에 시간 가는 줄도 몰랐다. 아침 5시에 일어나 별장 앞뒤로 보니 안개와 구름 낀 산봉우리가 보인다.

●

別莊 별장

_2019.7.6. 南相鎬

구름 속 별장 고산에 숨었으니
속세가 멀리 떨어져 상관하지 않을 수 있지요
모두의 타고난 걱정은 늙고 병드는 것이지만
잠시 내려놓고 어린아이처럼 웃어보아요

雲中別邸隱高山, 俗世遠離可不關.　　　운중별저은고산, 속세원리가불관.
皆有天憂身老病, 暫時放下作童顔.　　　개유천우신노병, 잠시방하작동안.

2019.7.6. 아침은 대관령 황태해장국집에서 황태해장국을 먹었다. 벽에는 '99세 이하 추가 반찬은 셀프입니다'라고 쓰여 있다. 갑자기 가져다주는 반찬이 먹고 싶어진다. 동계올림픽의 중심지였던 횡계

다방에서 커피 한잔 마시며 못다 한 이야기를 나누었다. 말할 기회를 얻는다는 것은 모두에게 행복한 일이기 때문에, 그런 기회를 양보한다는 것도 남에게 베푸는 커다란 보시가 된다.

작별하고 남은 두 사람은 강릉 가는 버스를 타고 강릉 시외버스 터미널로 온 다음 다시 시내버스를 타고 가다 버스노선 파악이 제대로 안 돼 택시를 타고 안인항의 안인 초가집으로 갔다. 어제저녁에는 손님이 없으니 맛도 없을 거라 보고 그냥 지나친 집이다. 망치매운탕이라는 메뉴 이름도 특이하다. 육질도 쫄깃하고 맛도 깊은 맛이 난다. 망치의 본래 이름은 고무꺽정이로서 삼식이 형님이라고도 하며, 동해의 한대성 어종에 속한다고 한다. 다시 오길 잘했다.

점심 식사 후 1시 30분에 안인진을 출발하여 17.8㎞의 37번 코스 트레킹이 시작되었다. 걷는 코스는 나무 그늘도 없는 찻길도 있고,

풍호리 연꽃단지

평평한 야산의 숲길도
있으며, 농가 주택 골
목을 지날 때 개들 짖
는 소리도 들린다. 한
참 가다 보니 연꽃마
을이 있다. 주변에는

아름다운 아름드리 소나무가 많은, 강릉시 강동면 하사동 3리 풍호
마을이다. 연꽃단지 한쪽에는 흰 연꽃만 있고, 다른 한쪽에 붉은색과
흰색 연꽃이 섞여 있다. 정자에는 동네 노인들일까 한가하게 이야기
를 나누고 있다.

蓮花 연꽃   2019.7.6. 南相鎬

연잎 푸르게 논에 가득한데
은은한 향기 여행객 유혹하네
연인이나 화가들 붉은 꽃을 사랑한다지만
나는 홀로 백련이 좋아요

萬葉靑靑滿水田, 暗香隱隱惑遊仙.   만엽청청만수전, 암향은은혹유선.
戀人墨客愛紅色, 我獨喜歡純白蓮.   연인묵객애홍색, 아독희환순백련.

오후 7시 20분 마침내 학산마을의 오독떼기 전수관 앞에 이르러 6
시간 만에 오늘 트레킹은 끝났다. 다리가 천근만근 무거워 택시를 불
러 중앙시장으로 갔다. 저녁은 중앙시장으로 가서 감자옹심이를 먹

고, 잠도 중앙시장 부근 동아호텔(6만원)에서 잤다. 호텔비는 턱걸이 5번 하기에 졌기 때문에 내가 냈다. 턱걸이하려고 철봉에 매달렸을 때 팔에 느껴지는 체중은 나를 당황하게 하였다. 땅에서 발을 뗄 수 없기 때문이다. 늙어서 팔에 힘이 줄어든 데다가 체중이 69kg인 것이 문제이다. 노력하여 반드시 턱걸이 5번은 하리라 다짐해 본다.

철봉에 매달린 필자

2019.7.7. 아침 7시에 중앙시장 광덕식당에서 소머리 국밥(7,000원)과 순대 한 접시(1만원)를 먹었다. 맛있지만 양이 많아 다 먹지 못했다. 아침 식사 후, 8시 30분에 동아호텔을 나와 11시까지 해파랑길 38번 코스를 걸어 남항진南項津까지 9km를 걸었다. 38번 코스는 원래 오독떼기 전수관에서 강릉항까지 17.8km인데, 오늘 걷는 길은 중앙시장에서 강릉항까지 9km를 걷고, 그다음에는 39번 코스를 따라 경포호 옆 허난설헌·허균 생가까지 가는 것이다.

2시간 반을 걸어서 남항진까지 9km를 갔다. 점심은 남항진 은총가자미식당에서 가자미 정식(1만원)을 먹었는데, 가자미 식해食醢와 오징어젓이 맛있었다. 식사 후 남항진을 11시 50분에 출발하여 해파랑

길 39번을 따라 경포 허난설헌·허균 생가로 갔다. 가는 길에 안목항
(강릉항) 산토리니 커피숍에서 커피 한잔하면서 1시간 정도 쉬었다.
강릉항에서 경포대까지는 솔밭길인데, 다리 근육이 뭉쳐서 스틱을
사용했더니 조금은 도움이 되었다. 경포호를 바라보며 허난설헌·허
균 생가 쪽으로 호숫가 길을 따라갔다. 태백산맥에서 흘러 내려오는
물과 동해 바닷물이 만든 호수이기 때문에 산책길도 물길 따라 나 있
다. 허난설헌 남매들이 이곳에서 살았다고 하니 그때는 어땠을까 상
상해본다.

   경포호는 역사적으로 많은 시인 묵객이 즐겨 찾던 곳이다. 경포호
가운데는 새바위라는 바위섬이 있는데, 그곳에는 우암 송시열이 쓴
조암鳥岩이란 글씨를 새겼다고 한다. 새들의 쉼터이기 때문에 그런
이름이 붙은 것 같은데, 그곳에는 월파정月波亭이라는 새들의 정자가
있다. 밤에 보아야 하늘에 뜬 달, 호수에 뜬 달, 술잔에 뜬 달, 벗의 눈
동자에 뜬 달, 내 마음에 뜬 달 등을 감상할 수 있을 텐데 아쉽다. 특히
달빛 파도의 풍광과 그것에 묻어나는 감정이 어떤지 느껴보지 못해
아쉽다.

●

鏡浦湖 경포호   _ 2019.7.7. 南相鎬
  강릉 경포호의 월파정
  해가 서산을 넘어가니 뭇 새들 깃드네
  허난설헌 오빠 따라 뛰놀던 곳
  송림과 대나무 바람 막아 편안하네

江陵鏡浦月波亭, 白日歸西萬鳥停.   강릉경포월파정, 백일귀서만조정.
小妹從哥遊玩處, 紅松綠竹禦風寧.   소매종가유완처, 홍송록죽어풍녕.

  4시 40분이 되어 허난설헌 허균생가 옆에서 시내버스를 타고 강릉 시외버스터미널로 갔다. 오후 5시간 걸은 거리는 약 7㎞이지만, 오전에 걸은 것을 합치면, 16㎞를 7시간 반에 걸은 것이다. 어제 6시간에 18㎞를 간 것에 비하면 오늘은 조금 여유가 있었다.

  나의 친구 양 사장은 본래 영문학 전공이지만 철학에 관심이 많아 평생 독서와 사색을 좋아하더니 진짜 철학자가 되었다. 그런 친구와 안목항(강릉항)에서 경포호까지 이어지는 솔밭길을 걸으며 나눈 솔밭 대화를 평생 잊기 어려울 것 같다. 누워 있는 사람을 벌떡 일어나게 하는 많은 이야기를 들었기 때문이다. 특히 성경·코란·우파니샤드 등을 읽으라는 권유가 좋았다. 우파니샤드는 학생들과 두 번이나

경포대 가는 해안 솔밭길

읽은 적이 있지만, 성경과 코란은 꼭 읽어보아야 하겠다고 다짐했다. 이들에 관한 구체적인 답은 나 스스로 찾아내야 하지만, 친구의 청량음료 같은 신선하고 산뜻한 자극은 머릿속을 맴돈다. 내가 그동안 얼마나 개념 없이 살았는가를 반성하는 기회도 되었다. 그는 나의 영원한 친구이자 사부이다.

이번 이소雛巢를 통해 얻은 것이 많지만, 가장 큰 것은 내 마음속에는 아직도 자아가 너무 강하다는 것을 친구를 통해 깨달았다는 것이다. 친구의 말이 곧바로 접수되지 않고, 내 생각을 고집하려는 것이 많기 때문이다. 그런 모습이 무연無然하게 살고자 하는 나의 인생철학과는 아직도 거리가 멀다는 것을 다시 한번 깨닫게 되었다. 이번 2박 3일 40㎞의 트레킹은 목적지에서 끝이 났지만, 나를 내려놓는 것 언제 끝날까?

다음은 2017.1.8. 춘천문화원 한시반 회원들과 경포대에 갔을 때 지은 시와 이야기를 함께 편집한다. 1월 8일 오전 오죽헌으로 갔다. 대현 율곡 선생이 태어나고 성장한 곳 주변에는 깨끗한 오죽과 수려한 수백 년 된 적송이 울창하다. 율곡도 이런 주변 환경으로부터 어떤 감명을 받았을 것이다. 율곡 사당 곁에는 수백 살은 되어 보이는 소나무가 있고, 그 곁에는 율곡송栗谷松이라는 안내판이 있다.

방안에는 율곡 선생이 8세 때 파주 임진강변의 화석정에서 지었다는 〈화석정花石亭〉 시의 액자가 걸려 있다. 어린이가 율시를 지었다는 것도 놀라운 일인데, 3,4구와 5,6구의 대우는 물론 평측과 압운 모두 완벽한 아주 좋은 시이다.

오죽헌과 율곡 사당 문성사(文成祠)

오죽헌

花石亭 화석정

율곡 이이(栗谷 李珥, 1536~1584)

숲속 정자에 가을이 이미 깊으니
시인의 생각 한이 없어라
먼 물은 하늘에 닿아 푸르고
서리 맞은 단풍은 햇빛 받아 붉구나
산은 외로운 달을 토해내고
강은 만리 바람을 머금는다
변방 기러기는 어디로 가는가
저녁 구름 속으로 사라지는 소리

林亭秋已晚, 騷客意無窮.　　임정추이만, 소객의무궁.
遠水連天碧, 霜楓向日紅.　　원수연천벽, 상풍향일홍.
山吐孤輪月, 江含萬里風.　　산토고윤월, 강함만리풍.
塞鴻何處去, 聲斷暮雲中.　　새홍하처거, 성단모운중.

신사임당 본가

허난설헌·허균의 생가를 돌아보러 가는 길에 남매의 시비를 보았
다. 시비는 생가 입구 큰길가에 있는데, 뒤에 있는 소나무가 외로운
이들을 지켜주고 있는 것 같다.

夢遊廣桑山

꿈에 광상산에서 노닐다 ____ 난설헌 허초희(蘭雪軒 許楚姬, 1563~1589)

푸른 바닷물이 구슬 바다에 스며들고
푸른 난새는 채색 난새에 어울렸구나
연꽃 스물일곱 송이 붉게 떨어져
달빛 서리 위에서 차갑기만 해라

碧海侵瑤海, 靑鸞倚彩鸞.　　　벽해침요해, 청란의채란.
芙蓉三九朵, 紅墮月霜寒.　　　부용삼구타, 홍타월상한.

* 허경진 번역
* 瑤海: 요지(瑤池)와 같은 말로서 신화 속의 서왕모(西王母)가 사는 곳, 신선이 사는 곳.
* 난설헌 허초희(蘭雪軒 許楚姬, 1563~1589)는 본관 양천(陽川). 호 난설헌(蘭雪軒). 별호 경
번(景樊). 본명 초희(楚姬). 명종 18년(1563년) 강원도 강릉(江陵)에서 출생하였다. 『홍
길동전』의 저자인 허균(許筠)의 누나이다. 이달(李達)에게 시를 배워 8세 때 이미 시를
지었으며 천재적인 시재(詩才)를 발휘하였다. 1577년(선조 10) 15세 때 김성립(金誠立)
과 결혼하였으나 원만하지 못했다고 한다. 연이어 딸과 아들을 모두 잃고, 둘째 오빠 허
봉이 귀양을 가는 등 불행한 자신의 처지를 시로 달래며 여인의 독특한 감상을 노래했
으며, 애상적 시풍의 특유한 시세계를 이룩하였다. 허난설헌이 죽은 후 동생 허균이 작
품 일부를 명나라 시인 주지번(朱之蕃)에게 주어 중국에서 시집 『난설헌집』이 간행되
어 격찬을 받았고, 1711년 분다이야 지로[文台屋次郎]에 의해 일본에서도 간행, 애송되
었다. 선조 22년(1589년) 27세로 요절하였으며 유고집에 『난설헌집』이 있다. 작품으로
는 시에 〈유선시(遊仙詩)〉, 〈빈녀음(貧女吟)〉, 〈곡자(哭子)〉, 〈망선요(望仙謠)〉, 〈동선
요(洞仙謠)〉, 〈견흥(遣興)〉 등 총 142수가 있고, 가사(歌辭)에 〈원부사(怨婦辭)〉, 〈봉선
화가〉 등이 있다.(네이버 지식백과, 허난설헌 참조)

이 시는 허난설헌이 두 자식을 잃고 27세에 죽기 직전 죽음을 직감하고 꿈속에서 본 죽음의 세계를 그린 것 같다. 김상홍에 따르면 그녀가 평생 지은 시 213수 중 신선과 관련된 시는 모두 128수가 된다고 한다.[1] 그에게 시를 가르쳐준 사람은 둘째 오빠 허봉許篈과 그의 문우文友였던 삼당 시인 중 한 사람인 손곡 이달(蓀谷 李達, 1539~1612)이다.

●

菩薩蠻, 淸湖閃閃還瑤海
물결 반짝이는 별천지　　　　　　　　　　　　_2017.1.18. 南相鎬

맑은 호수의 물결 반짝이는 여기가 진짜 별천지인데
청란은 무슨 일로 상심했나요?

---

1 2016.5.16. 강원도교육연수원특강 〈허난설헌〉 중에서.

"자식을 잃고 어찌 제정신으로 살겠소!
봄바람조차 심히 잔인하지요."
차가운 누대엔 결국 그대의 시운도 끊겼지만
시인들 다시 찾아와 위문하네요
곳곳의 비석 시를 전해주니
그대를 존경하여 다시 옷깃 여밉니다

淸湖閃閃眞瑤海,	청호섬섬진요해,
靑鸞何事傷心在?	청란하사상심재.
"失子寧能安!	실자영능안.
春風亦甚殘."	춘풍역심잔.

寒臺終絶韻,	한대종절운,
騷客再來問.	소객재래문.
處處石碑吟,	처처석비음,
尊儂重整衿.	존농중정금.

* 작사 배경: 蘭雪軒 許楚姬(1563~1589)의 〈夢遊廣桑山〉을 읽고 난 감상을 〈菩薩蠻〉의
  사패로 지은 것이다.

* 詞牌: 〈菩薩蠻〉雙調四十四字, 前後段各四句, 兩仄韻、兩平韻 主題: 離別, 그리움,
  기다림. 中平中仄平平仄* 中平中仄平平仄* 中仄仄平平* 中平中仄平* / 中平平仄仄* 中
  仄中平仄* 中仄仄平平* 中平中仄平*

遣興 흥을 달래며　　　　　　_ 난설헌 허초희 (蘭雪軒 許楚姬, 1563~1589)

나에게 있는 한 필의 비단
털고 닦아 색깔도 아름답네

한 쌍의 봉황 마주 보게 수놓아
무늬가 얼마나 찬란한지
여러 해 장롱 속에 간직하다
오늘 낭군께 드립니다
임의 바지 만드는 건 아깝지 않으나
다른 연인의 치맛감으로는 쓰지 말아요
정련한 보배로운 황금에
반달을 새겨 넣은 노리개
시집올 때 시부모님께서 주셨기에
그동안 붉은 치마에 차고 있었어요
오늘 떠나시는 임께 드리니
정표로 지녀주세요

허난설헌과 허균의 생가

길에 버리더라도 아깝지는 않겠지만
다른 여인에게는 달아주지 말아요

我有一端綺, 拂拭光凌亂.   아유일단기, 불식광릉난.
對織雙鳳凰, 文章何燦爛.   대직쌍봉황, 문장하찬란.
幾年篋中藏, 今朝持贈郞.   기년협중장, 금조지증랑.
不惜作君袴, 莫作他人裳.   불석작군고, 막작타인상.

精金凝寶氣, 鏤作半月光.   정금응보기, 누작반월광.
嫁時舅姑贈, 繫在紅羅裳.   가시구고증, 계재홍라상.
今日贈君行, 願君爲雜佩.   금일증군행, 원군위잡패.
不惜棄道上, 莫結新人帶.   불석기도상, 막결신인대.

허난설헌·허균 생가를 나와 경포호를 서쪽으로 반 바퀴 돌아 경포
대로 갔다. 겨울이라 사람들이 이따금 보인다. 누대 안에는 제일강산
第一江山이란 휘호가 멋스럽다. 중국 미불米芾의 글씨를 임서한 편액이
라 한다. 지금은 겨울바람이라 차가워 호수의 오리들도 파도에 흔들
리는데, 벚꽃 피는 봄날 화사한 풍경을 상상해본다.

경포대 누대 안에는 마루가 삼층 구조로 되어 있는데, 계급에 따라
앉는 자리가 다르기 때문이다. 그래도 옛날 선비들이 모여 시회를 열
면 하나가 되어 재미있는 시간을 보냈으리라. 다음 시는 순조·철종
때 삼척 부사를 지낸 종산 심영경(鍾山 沈英慶, 1829~?)이 지은 시로
서 경포대 시중 최고 명시로 꼽히는 것이다.

十二欄干碧玉臺

12난간의 아름다운 누대   종산 심영경(鍾山 沈英慶, 1829~?)

열두 난간의 푸른 누대에
강릉의 봄빛 경포호반에 열렸구나
푸른 물결 맑아 깊고 얕음도 없고
갈매기는 짝을 지어 자유로이 왔다 갔다
수 만리 돌아가는 기러기들 구름 밖의 소리 들리는데
사계절 유람객들 달빛 가운데 술을 즐기네
동쪽으로 날아가는 저 학도 내 마음 아는지
호수 위를 맴돌며 재촉하지 않네

十二欄干碧玉臺, 大瀛春色鏡中開.   십이난간벽옥대, 대영춘색경중개.
綠波淡淡無深淺, 白鳥雙雙自去來.   녹파담담무심천, 백조쌍쌍자거래.
萬里歸仙雲外笛, 四時遊子月中盃.   만리귀선운외적, 사시유자월중배.
東飛黃鶴知吾意, 湖上徘徊故不催.   동비황학지오의, 호상배회고불최.

누각에는 한양에서 대관령을 넘어 이곳까지 여행을 왔던 군왕들의
한시도 남아 있다.

鏡浦臺 경포대   정조 어제시, 정조 (正祖, 1776~1800)

강남에 비 개이자 저녁 안개 자욱한데
비단 같은 경포호수 가없이 펼쳐졌네

십리에 핀 해당화에 봄이 저물고 있는데
흰 갈매기 나지막이 소리 내며 지나가네

江南小雨夕嵐暗, 鏡水如綾極望平.   강남소우석람암, 경수여릉극망평.
十里海棠春欲晚, 半天飛過白鷗聲.   십리해당춘욕만, 반천비과백구성.

＊ 번역문은 비석에 있는 것
＊ 강원일보(2006.3.23.): 이한길 강릉대 국문과 강사는 강릉문화원이 발간한 『임영문화』
  제29집 「경포대 어제시(御製詩-임금이 지은 시) 연구」 논문에서 "경포대 한시광장에 있
  는 세조의 어제시는 정조가 쓴 시"라고 지적했다. 이씨는 "정조의 어제시는 그동안 강
  릉지방에서 세조의 시로 알려져 왔으나 1940년에 편찬한 『강원도지』에는 정조의 어제
  작으로 나오고 정조의 문집인 『홍재전서』에도 정조의 작품으로 돼 있다"고 주장했다.

  경포대를 지나 돌아오는 길에 김시습(金時習, 1435~1493) 매월당 기
념관에 들렀다. 김시습의 시문에 나타난 성격처럼 글씨도 활달하다. 그

강릉 경포대

의 문집인 『매월당집』 23
권 중 15권이 시문으로서
모두 2,200여 수의 시가
전해지고 있다. 매월당의
삶이 심유천불心儒踐佛 혹
은 불적유행佛跡儒行으로
평가되기 때문에, 그의 시

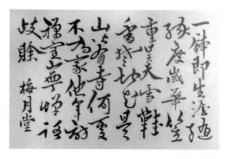

매월당의 휘호

역시 유불 혼합형으로 된 것을 볼 수 있다. 다음 시는 선승의 모습을
그린 것이다.

바랑 하나에 생애를 걸고
인연 따라 세상을 살아가오.
삿갓은 오국 하늘의 눈으로 무겁고
신발은 초국 땅의 꽃으로 향기롭소.
이 산 어디에나 절이 있을 터이니
어디인들 내 집이 아니겠느냐.
다른 해에 선실(禪室)을 찾을 때에
어찌 길이 멀고 험하다고 탓하겠느냐.

一鉢即生涯, 隨緣度歲華.　　일발즉생애, 수연도세화.
笠重吳天雪, 鞋香楚地花.　　입중오천설, 혜향초지화.
是山皆有寺, 何處不爲家.　　시산개유사, 하처불위가.
他年訪禪室, 寧憚路岐賖.　　타년방선실, 영탄로기사.

◦ 번역문은 시비에 있는 것

이번 여정의 주제는 집 떠나기였다. 매월당의 말처럼 어디인들 내
집이 아니겠는가. 그래서 일상에서 벗어나 객지에서 나를 보면 내가
새롭게 인식되듯, 선현들의 이야기 속을 여행하다 보면 우리 시대 역
시 새롭게 인식된다. 이소離巢는 단지 불안하고 위험한 것이 아니라,
오히려 자신의 시공간적 위치를 파악할 수 있게 GPS를 달고 하늘에
서 자신을 바라는 계기가 되었다.

솔바람다리 – 주문진해변

이번 트레킹의 주제는 '인격'人格, personality이다. 인격을 말하는 personality는 성격이나 인성人性이라고도 번역된다. 물론 동양철학에서 사용하는 인성은 human nature라고 영역되며, "하늘이 부여한 것을 성이라 한다"[1]고 정의된다. 맹자는 하늘이 부여한 것 중 인의예지와 같은 도덕성만 성이라 하겠다[2]고 하였다. 인성론은 학자에 따라 다른데, 공자·맹자는 성선설, 순자는 성악설, 고자는 성무선무악설, 동중서는 성삼품설을 주장하였다.

---

1 『中庸』1: 天命之謂性.
2 『孟子』「盡心下」24: 口之於味也, 目之於色也, 耳之於聲也, 鼻之於臭也, 四肢之於安佚也, 性也, 有命焉. 君子不謂性也. 仁之於父子也, 義之於君臣也, 禮之於賓主也, 智之於賢者也, 聖人之於天道也, 命也, 有性焉. 君子不謂命也.(입이 맛에, 눈이 색에, 귀가 소리에, 코가 냄새에, 사지가 안일에 대한 것은 성이지만, 만족시킬 수 있느냐 없느냐는 오히려 명으로 박혀 있으므로, 군자는 그것을 성이라 하지 않는다. 인이 부자에, 의가 군신에, 예가 賓主에, 지가 현인에, 성인이 천도에 대한 것을 일반 사람들은 명으로 정해진 것이라고 보지만, 사실상 본성에 내재한 것이므로, 군자는 그것을 명이라 하지 않는다.)

인격과 비슷한 개념인 성격character은 갈레노스(Claudios Galenos, 129~200)의 분류처럼 담즙질·우울질·점액질·다혈질 등과 같은 선천적 기질에 후천적 학습이나 환경 영향이 가해져 형성된 것이다. 그래서 어린 시절 성격 형성기의 환경 요소는 매우 중요한 것이다. 인격은 그런 성격이 실천 행동을 통해 나타나는 지적·도덕적·사회적인 품격을 말하는 것이다. 이와 같은 인성론은 중국의 인성론으로 보면 성무선무악론에 속할 것이다.

성격이나 인격을 지정의의 관계로도 설명할 수 있을 것이다. 지정의가 xyz축의 원점에서 각각 1의 수치에 있다고 가정할 때, ①xyz축의 각 점을 이으면 정삼각형이 되는데, 필자는 이것을 '지정의 통균형'이라 한다. 그런데 ②'지성 주도형'의 경우는 지성 축의 수치가 높아져 상대적으로 감정과 의지 간의 선분이 짧아지고; 지성과 감정, 지성과 의지 선분이 길어지며; ③'감정 주도형'의 경우는 감정 축의 수치가 높아져 상대적으로 지성과 의지 간의 선분이 짧아지고; 감정과 지성, 감정과 의지 선분이 길어지며; ④'의지 주도형'의 경우는 의지 축의 수치가 높아져 상대적으로 지성과 감정 간의 선분이 짧아지고; 의지와 감정, 의지와 지성 선분이 길어진다. 이와 반대로 그 어느 한 축의 수치가 1 이하로 내려가 소극형으로 변하면 지정의의 관계는 밑변이 긴 2등변 삼각형의 관계가 된다. 이렇게 지정의 삼자 간의 관계는 물이 출렁거리듯 늘 상호작용 속에서 균형을 잡아가고 있는데, 그 관계가 심하게 일그러지면 문제가 되는 것이다. 지정의가 0을 지나 - 가 되는 경우도 그 절대값이 크면 강하고 적으면 약하다.

지정의 통균형 · 지성 주도형 · 감정 주도형 · 의지 주도형, 이 네 가지 형태의 구조를 성격이나 인격이라 말할 수 있다. 단지 타고난 기질과 유소년기에 형성되는 지정의 구조는 성격이라 할 수 있고, 성실한 삶으로 성덕誠德을 갖추

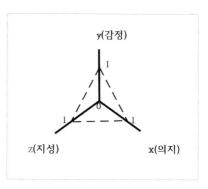

지정의 통균형 관계도

는 것은 인격이라 할 수 있다. 그래서 유가 철학에서는 도덕적으로 성실한 덕, 즉 종심소욕불유구從心所欲不踰矩할 수 있는 공자 같은 인격을 최고 이상으로 본 것이다. 필자가 찾는 '나'의 모습이 어떤 형태이든, 그것은 결국 내외적인 사물과 지정의의 상호작용 속에 있는 것이다.

"욕심이 깊으면, 천기天機가 얕다"[3]는 장자의 말처럼 욕심이 많으면 상대적으로 본심이 적어지는 것이다. 그 경우는 감정 축의 수치가 올라가 이등변 삼각형의 감정 주도형이 된다. 그렇게 되면 천기, 즉 지정의가 통균을 이루는 정삼각형으로부터 멀어지게 된다. 비록 사람마다 타고난 기질과 성장기에 형성하는 성격이 다르다 하더라도, 환경에 따라 일시적으로 심하게 불균형을 이루는 경우가 있다. 특히 감정이 폭발하면 주체하기 어려우므로 자아성찰을 통해 지정의를 조화롭게 해야 한다.

---

3 『莊子』「大宗師」: 其嗜欲深者, 其天機淺.

자아성찰은 단지 자기반성에 의해서만 이루어지는 것이 아니다. 마치 거울이 아니면 자신을 볼 수 없듯, 철학은 물론 심리학이나 뇌과학적 연구 결과를 참고해야 한다. 그중 하나가 프로이트(Sigmund Freud, 1856~1939)가 우리의 정신을 이드id · 자아ego · 초자아super ego로 분석한 것이다. 이드는 본능적 에너지의 저장고로서 무의식층이고, 자아는 의식층이며, 초자아는 의식층을 조절하는 초의식층이다. 특히 자아성찰 주체인 초자아는 자기를 관찰하고 평가하는 주체인데, 이상과 비교하면서 자신을 비판 · 책망 · 벌주기나 칭찬과 보상을 통해 자존감을 높여주기도 하는 것이다.

프로이트의 개념을 중심으로 보면, 필자의 자아성찰 대상은 주로 의식층인 ego이고, 주체는 초의식층인 super ego이다. 하지만 지정의 속에는 id · ego · super ego가 모두 들어있는 것이다. 즉, id는 주로 감정과 의지에 관련된 것이고, super ego는 주로 지성과 관련된 것이다.

철학은 심리학을, 심리학은 뇌과학의 연구 성과를 통해 객관성을 높일 수 있다. 그렇게 하는 것이 환원주의처럼 보일 수 있다. 하지만 환원주의는 물론, 정신이니 물질이니 하는 것도 사물에 접근하는 하나의 방법일 뿐이다.

2019.10.26. 8시 경포해변에 도착한 다음 곧바로 걷기 시작하였다. 오늘은 아침부터 오른쪽 무릎이 시근거린다. 걱정이다. 만약에 무릎이 고장 나면 도보여행은 끝이기 때문이다. 준비운동이 덜 된 탓이었는지 걸을수록 다행히 나아졌다.

한참 가다 보니 사천천 다리를 건너기 전 조그마한 산을 북쪽으로 의지하고 있는 쌍한정雙閒亭과 효자비각이 있다. 정자는 집처럼 세살문을 달았고 정자 주변에는 담을 쳤고 앞에는 대문을 세웠다. 모두 닫아걸어 놓아 바깥에서 볼 수밖에 없는 게 아쉽다. 쌍한정은 중종 때, 숙질 관계인 병조좌랑을 지낸 박공달朴公達과 용궁 현감을 지낸 박수량朴遂良이 관직에서 물러나 한가로이 소요하던 곳이라는 뜻으로 지어진 이름이라 한다. 한가로이 소요유하는 것은 퇴직하여 할 일 없는 사람들이 하는 것이 보통이지만, 그런 한유閒遊가 필요한 것은 정작 바쁘거나 골머리 아픈 사람들이다. 쉴 때 좋은 아이디어가 나오고 활력도 생겨나기 때문이다. 춘천 소양정에 올라 그런 내용을 읊은 한 시인이 있다.

昭陽亭戲題
소양정에서 장난삼아 짓다　　　　　　　　　　　　박태보(朴泰輔, 1654~1689)

한가한 사람은 한가로워 멋진 풍경도 잊고 살지만,
바쁜 사람은 강산도 제대로 알고 사랑하지
저 나루터의 그림 같은 누각을 보게나!
바쁜 사람 위한 거지 한가한 사람 위한 건가?

閑者自閑忘外境, 忙人方解愛江山.　　　한자자한망외경, 망인방해애강산.
看他畵閣津頭起, 正爲忙人不爲閑.　　　간타화각진두기, 정위망인불위한.

＊ 방해(方解): 처방을 구성 약물의 효능에 따라 해석해 놓은 것

사천해변의 교문암(蛟門岩)

　사천천 다리를 건너면 사천진항沙川津港이다. 전설에 의하면, 사천
진 해변의 큰 바위 아래 살던 늙은 교룡이 연산군 7년에 바위를 깨뜨
리고 떠나는 바람에 두 동강이가 났고, 그 모양이 문과 같다 하여 교
문암蛟門岩이라 하게 되었다는 것이다.

　허균(許筠, 1569~1618)은 강릉시 사천면 사천진리에 있는 외가 애
일당愛日堂에서 태어났다고 한다. 그래서인지 자신의 호를 교산蛟
山으로 지었다. 허균은 누나 허난설헌과 함께 손곡 이달(蓀谷 李達,
1539~1612)에게 한시를 배웠는데, 이달은 서자로서 차별 대우를 받
아 서러움을 겪은 사람이다. 그래서 허균은 '아버지를 아버지라고 부
를 수 없는' 서자 출신 스승의 사회적 불만을 『홍길동전』에 반영하고
싶었는지도 모른다. 허균은 다음과 같은 「호민론」을 썼다.

"세상에 두려워해야 할 것은 오직 백성이다. 백성을 두려워해야 하는 것은, 홍수나 화재·호랑이·표범보다도 심하기 때문이다. 윗자리에 있으면서 게다가 업신여기며 모질게 부려먹음은 도대체 어찌 된 것인가? 대저 이루어진 것만을 함께 즐거워하느라, 항상 눈앞의 일에 얽매이고, 그냥 따라서 법이나 지키면서 윗사람에게 부림을 당하는 사람들이 항민(恒民)이다. 항민이란 두렵지 않다. 모질게 빼앗겨서, 살이 벗겨지고 뼈골이 부서지며, 집안의 수입과 땅의 소출을 다 바쳐서, 한없는 요구에 제공하느라 시름하고 탄식하면서 그들의 윗사람을 탓하는 사람들이 원민(怨民)이다. 원민도 두려워할 필요가 없다. 자취를 푸줏간 속에 숨기고 몰래 딴마음을 품고서, 천지간(天地間)을 흘겨보다가 혹시 시대적인 변고라도 있다면 자기의 소원을 실현하고 싶어 하는 사람들이 호민(豪民)이다. 대저 호민이란 몹시 두려워해야 할 사람이다."[4]

허균의 「호민론」은 명나라 말기 중국의 개혁론자인 이지(李贄, 號는 卓吾, 1527~1602)에게 영향을 받은 것 같다. 물론 허균에게 본래 타고난 기질에 그런 면이 있을 수 있고, 이지와 같은 사람을 본보기로 삼아 살다 보니 성격이나 인격 역시 그렇게 변할 수 있었을 것이다. 허균의 그런 경향 때문에, 이가원(李家遠, 1917~2000)은 그를 조

4 天下之所可畏者. 唯民而已. 民之可畏. 有甚於水火虎豹. 在上者方且狎馴而虐使之, 抑獨何哉?夫可與樂成而拘於所常見者. 循循然奉法役於上者, 恒民也. 恒民不足畏也. 厲取之而剝膚椎髓, 竭其廬入地出. 以供无窮之求, 愁嘆咄嗟, 咎其上者. 怨民也. 怨民不必畏也. 潛蹤屠販之中. 陰蓄異心, 僻倪天地間, 幸時之有故. 欲售其願者, 豪民也. 夫豪民者. 大可畏也.

선의 이지라고 불렀다.[5] 허균이 이지의 분서를 읽고 지은 시는 다음
과 같다.

●

讀李氏焚書
이지의 분서를 읽고   _교산 허균(蛟山 許筠, 1569~1618)

맑은 아침에 독옹의 문장은 태워도
그 도는 오히려 남아 다 태우지 못하는구나
불교와 유교 모두 깨우침에 목적이 있는데
세상의 논의는 분분하구나

淸朝焚却禿翁文, 其道猶存不盡焚.   *청조분각독옹문, 기도유존부진분.*
彼釋此儒同一悟, 世間橫議自紛紛.   *피석차유동일오, 세간횡의자분분.*

＊ 독옹(禿翁): 이탁오가 삭발하고 불교에 귀의한 이후 친구들이 붙여준 호.
＊ 이 시는 2005년 국립도서관에서 발견된 허균의 한시집 『을병조천록(乙丙朝天錄)』에
  있다. 허균이 1615~1616년(乙卯~丙辰) 연경, 즉 북경(北京)에 다녀오면서 지은 기행 한시
  집으로서 모두 228편의 382수가 들어 있다.

●

讀李氏焚書 이지의 분서를 읽고   _교산 허균(蛟山 許筠)

이 늙은이(허균)가 이탁오 노인의 이름을 알고
앞으로 기꺼이 선에 빠져 평생을 지내려 한다

---

5 박현규, 「허균이 도입한 이지 저서」, 『중국어문학』 제46집, 2005. 申龍澈, 「李卓吾與17世
  紀朝鮮許筠之思想之遭遇」 참조.

내가 쓴 책들이 아직 진시황의 불태움을 당하지 않았어도
대간의 탄핵을 세 번이나 받으니 그래도 마음이 기쁘다

老子先知卓老名, 欲將禪悅了人生.　　노자선지탁노명, 욕장선열료인생.
書成縱未遭秦火, 三得臺抨亦快情.　　서성종미조진화, 삼득대평역쾌정.

허균이 고향에 돌아와서 지은 다음 시를 보면, 개혁운동가라기보다
는 오히려 평범한 선비 모습이 보인다. 그는 오랜만에 고향에 돌아와
부모 형제와 처자를 만난 행복감을 봉래산에 들어온 것 같다고 묘사
하였을 것이다. 바깥에서는 이탁오卓吾처럼 사회개혁 운동을 하다
피곤하고 지쳤을 테니, 집에 돌아와서 만큼은 쉬고 싶었을 것이다.

●

至沙村 사천으로 돌아와서　　　　　　_교산 허균(蛟山 許筠)

걸음이 사촌에 이르니 갑자기 얼굴이 환해지누나
주인이 돌아올 날을 교산은 여지껏 기다리고 있었다네
붉은빛 정자에 홀로 오르니 하늘이 바다에 이어졌구나
아득히 넓게 펴진 그곳, 아 나는 지금 봉래산에 들어와 있노라

行至沙村忽解顔, 蛟山如待主人還.　　행지사촌홀해안, 교산여대주인환.
紅亭獨上天連海, 我在蓬萊縹緲間.　　홍정독상천연해, 아재봉래표묘간.

＊ 번역은 허균의 시비 비문에서 취한 것.

사천해변 해파랑길 가에는 누가 심어놓은 듯 흰색 해국海菊이 많이
피어 있다. 꽃 모양은 쑥부쟁이처럼 생겼지만, 밑바탕 잎은 주걱 같고,

꽃대의 잎은 작으며 꽃 색은 흰색과 보라색이 있다. 사천을 지나 연곡에 이르니 들도 넓고 냇물도 맑게 흐른다.

흰색 해국

해변에는 해송 숲이 이어져 길을 걷는 데도 좋다.

10시 반 신리천 남쪽 주문진해변에 이르렀을 때 음식점 간판에 곰치국(16,000원)이 보인다. 아침에 삼척에서 먹어보려 했지만, 새벽 시간이라서 먹을 수가 없었다. 혼자 먹기엔 양이 많았지만, 내가 먹어본 김치 곰치국 중에서 가장 시원하고 맛있었다. 다시 먹어보고 싶은 맛이다.

연곡해변 솔향기캠핑장

이번 여정의 주제는 인격이었다. 한쪽 다리가 아파도 제대로 걸을 수 없듯, 지정의가 균형 잡히지 못한 경우도 사회생활에서 불편을 겪을 수 있다. 물론 그것을 개인의 성격이라고 이해해주기도 하지만, 자꾸 반복될 경우 본인은 물론 함께 살아가는 사람도 고통을 겪을 수 있다. 인격은 수양을 바탕으로 이루어지는 것이므로 하루 이틀을 가지고 말할 수 있는 것이 아니다. 부서지는 파도 속의 자갈은 엄청나게 들볶이며 둥글어지는 것이다. 이렇게 걷는 것에도 고통이 따르지만, 걸을 때만이라도 지정의가 평정해지는 것이 느껴진다. 인격도 그렇게 다듬어지는 것일까?

주문진해변 – 수산항

2019.10.6. 6시 20분 – 11시 20분

Course 41 주문진해변 ▶ 죽도정입구 12.2km
Course 42 죽도정입구 ▶ 하조대해변 9.6km
Course 43 하조대해변 ▶ 수산항 9.4km

이번 트레킹의 주제는 '그냥'이다. '그냥'은 목적이나 목표가 없는 것을 말한다. 주제를 '그냥'으로 한 것은, 목표가 있으면 그에 따르는 번뇌가 생기기 때문이다. 하지만 그냥 걷는 것은 자유로운 것도 있지만, 그만큼 마음이 천지를 날아다녀 불안하기도 한 것이다. 그래서 이번 여행은 최소한의 정처와 목적은 있지만, 가능하면 아무 생각 없이 무작정 걷고 싶어 '그냥'을 주제로 설정한 것이다.

2019.10.6. 주문진에 도착하니 6시 20분 해뜨기 5분 전이다. 정말 다행이다. 구름도 많지 않아 일출도 볼 수 있게 되었다. 태양이 구름을 뚫고 서서히 모습을 드러내는데 바람도 별로 없는 바다에 파도는 태양을 집어삼킬 듯 세차게 일렁인다. 며칠 전 태풍이 지나간 여파인 것 같다. 하지만 그것도 잠시 햇살이 퍼지니 천하는 아름답게 빛나기 시작했다.

주문진해변의 일출

波聲 파도소리   _2019.10.6. 南相鎬

우레 같은 파도 소리 천지를 흔드니
사기가 한순간에 가슴속에 솟구치네
나는 본래 소란스런 바다 좋아하지 않았지만
갑자기 웅혼함을 받아들이게 되었네

若雷濤喊動乾坤, 士氣一時衝膈噴.   약뢰도함동건곤, 사기일시충격분.
吾本不歡騷亂海, 突然迎接大雄渾.   오본불환소란해, 돌연영접대웅혼.

주문진항을 뒤로 돌아가면 지경해변이 펼쳐진다. 지경해변 중간에
는 동해의 웅혼한 기상을 교육하기 위해서인지 한국해양소년단강원
연맹 입구에는 신라 시대 이사부의 울릉도와 독도 복속 1500주년 기념
비를 세웠다. 청소년을 위한 훌륭한 역사교육교재가 될 것이다.

남애항이 멀리 보이는 긴 해변이지만 여행객들은 거의 없다. 있
다고 해도 여행 온 사람들이 아침 식사 전후로 산책하는 사람들뿐
이다. 걷기가 처음부터 지루한 느낌이 있지만, 종전에 싫어하던 파
도 소리가 우렁차게 들리는 것이 오히려 힘을 주는 것 같았다. 원포

해변에 이르니 기암괴석 옆
에 화상정이 냇가와 바닷가
를 바라보며 서 있다. 스님
이 바위가 되었다 하여 화
상암和尙岩이라 불리게 되
었다는 전설이 전해온다고

한국해양소년단강원연맹 입구의 이사부 기념비

한다. 기암괴석이라 보는 이의 상상력에 따라 다른 이야기가 생산될 수 있다. 그 옆에 조그마한 정자를 짓고 이름도 화상정이라 하여 잠시 앉아 쉬었다.

화상암에는 "옛날에 화상암 근처에서 동자 셋이 낚시를 하고 있었다. 두 명의 동자는 조그마한 웅덩이를 만들어 그 속에 잡은 물고기를 넣는데 한 동자만은 고기를 잡아서는 계속 방생을 하였다. 노(老) 스님이 지나가다 그 광경을 지켜보고는 동자의 불심(佛心)이 기특하여 다가가 합장하고 관세음보살을 부르니 그 동자는 사라지고 그 앞에 큰 바위가 생겼다"는 전설이 있다.

([네이버 지식백과]『한국지명유래집』 중부편 지명, 2008.12.)

남애항을 지나 걷다 보니 주차장에 관광버스가 줄을 이어 서 있다. 알고 보니 휴휴암休休庵 입구였다. 관음보살을 모시는 사찰인데, 오히려 황어떼로 유명하다. 오늘은 파도가 높아 황어떼는 보이지 않는다. 파도가 갯바위까지 날려 조심하지 않으면 바닷물로 샤워하게 된다.

기도를 위한 초와 방생용 물고기를 팔고 있다. 착한 사람에게 팔려가는 초는 불행하게도 자기 몸을 다 내어주어야 하지만, 물고기는 새 생명을 얻게 될 것이다. 참으로 아이러니한 일이다. 그뿐만 아니라 중생은 살생하여 번 돈으로 시주를 하고, 절은 그 돈으로 법당을 지어 부처를 모시고 중생에게 살생하지 말라고 가르치고 있으니 더욱 아이러니하다.

인구항에 이르니 산 위에 전망대가 설치되어 먼 데도 잘 보인다. 남쪽으로는 남애항·휴휴암·인구해변이 보이고, 북쪽으로는 죽도해변·동산포해변·동산항·하조대가 차례로 보인다. 아울러 인구항을 감싸고 있는 죽도竹島 동쪽 산 바다가 보는 곳에 1965년 죽도정竹島亭을 지었는데, 이곳이 양양팔경 중 하나라 한다.

竹島亭 죽도정   _ 2019. 10. 6. 南相鎬
바다를 향해 소나무에 의지한 죽도정
사람도 없는 선경에서 말없이 명상하네
파도 소리 끊임없이 고독을 달래주니
나그네도 잠시 편안해지네

向海靠松竹島亭, 無人仙境默然暝.   향해고송죽도정, 무인선경묵연명.
波聲不息安孤獨, 客亦暫時得一寧.   파성불식안고독, 객역잠시득일영.

인구해변 죽도의 죽도정

한참 걷다 보니 길을 잃었다. 할 수 없이 자동차전용도로 갓길로 북쪽을 향해 계속 걸었다. 자동차가 씽씽 달리는 길옆을 걸으려니 무서웠다. 지도 밖으로 행군하라는 여행가도 있지만, 그러려면 많은 위험에 대비해야 할 것이다. 휴게소에서 식사하는 사람들도 있지만, 나는 해변 음식점을 찾을 생각으로 계속 걸었다. 이미 4시간 반이나 걸어 다리도 아파 기사문항에서 식당을 찾아보았다. 하지만 마땅한 곳이 없어 그냥 하조대로 갔다. 금강산도 식후경이라 하조대 입구 식당에 들어갔다. 생선조림을 먹으려 했지만, 4인 이상이라야 된다고 한다. 하는 수 없이 가정식백반(7,000원)을 먹을 수밖에 없었다. 식사도 하고 잠시 쉬어서 그런지 기분도 많이 좋아졌다.

하조대河趙臺의 하河는 하륜河崙을, 조趙는 조준趙浚이라는 조선 개국공신을 말한다. 고려 말 그들은 이곳에 모여 혁명을 모의하였다고 한다. 혁명이 성공하면 영웅이 되지만, 실패하면 역적이 되니 영웅과

하조정(河趙亭)

하조정 아래의 소나무

역적의 본질적 차이는 무엇인가? 영웅과 역적 모두 혁명가가 아닌
가? 하조정은 조선 정종 때 처음 지어졌으나, 지금의 정자는 1936년
6각정으로 새로 지은 것이다. 그래서 하조대는 정자는 물론 기암절
벽으로 경관이 빼어나 양양팔경 중 하나가 되었다. 명소에는 옛날에
도 명사들이 다녀갔다. 한문사대가漢文四大家 중 한 사람인 택당 이식
도 이곳에 와서 시를 지었다.

　잠시 메모를 하기 위해 찻집에서 커피를 한잔 마셨다. 그냥 앉아
있는 것뿐인데, 마음이 한가해지는 이유는 무엇일까? 한가해지니 절
벽 사이로 하얀 파도가 보인다. 파도는 왜 자기 몸을 절벽에 부딪쳐
하얗게 부서지며, 그것도 쉴 새 없이 계속하는 걸까? 과거에 어떤 업
을 저질렀기에 저런 피나는 수행을 할까?

河趙臺 하조대   2019.10.6. 南相鎬

흰 파도 절벽에 도전하는데
정자 아래 노송은 바라보기만 하네
성패엔 본질적 차이가 없는 것
영원히 어느 것도 끝남이 없으니

白波衝絶壁, 亭下老松觀.   백파충절벽, 정하노송관.
成敗無分別, 永年一不完.   성패무분별, 영년일불완.

거의 쉬지 않고 22km를 5시간에 걸었기 때문에 다리는 무거웠지
만, 마음은 가벼워졌다. 이번엔 '그냥' 걷자고 생각했지만, 내가 어디

하조정 아래의 찻집

까지 견딜 수 있는가는 보고 싶었다. 앞으로 600km를 더 가야 하니까. 이번 도보여행을 통해 남은 해파랑길을 완주할 수 있겠다는 자신감이 생겼다.

43번 코스 하조대에서 수산항까지 9km는 2019.10.26. 사천항에서 주문진까지 걸은 다음 오후에 걸었다. 43번 코스에는 오가는 버스가 없어 현남면 하광정리에서 수산항을 향해 5km 정도를 걸어갔다가 다시 돌아와 승용차로 이동하였다. 가는 길가 울타리엔 자전거를 매달아 놓았다. 알고 보니 해파랑길을 가는 사람들에게 간단한 식사와 음료를 팔고 있는 음식점이었다. 왕복 10km를 걸어 43번 코스를 완주한 셈이다.

이번 여정의 주제는 그냥이었다. 힘들었던 여정도 '그냥'이라고 생각하니, 거저먹은 것처럼 기분이 좋다. 그동안 주제를 가지고 다녔던 것이 군더더기였나?

수산항-장사항

2019.9.30. 7시 30분 – 13시(5시간 30분)
Course 44 수산항 ▶ 속초해맞이공원 12.5㎞
Course 45 속초해맞이공원 ▶ 장사항 16.9㎞

이번 트레킹의 주제는 '세번'洗煩이다. 번뇌를 씻어내는 것이다. 번뇌는 대개 상충되는 일이나 모순되는 것 중 어느 하나를 선택할 때 생기는 것인데, 우리의 삶은 매 순간 선택할 수밖에 없다. 과연 우리는 그런 선택을 거부할 수는 없는 것일까? 중국의 선종 3대 조사 승찬僧璨은 "지극한 도는 어려운 게 없다. 오직 선택하는 것을 싫어하면 된다"[1]고 말했다. 그러면 아예 자연에 맡겨두고 선택을 고민하지 않으면 어떻게 될까? 이렇게 자연 속을 걷는 것만으로도 많은 위로를 받을 수 있으니까. 하지만 우리의 현실은 불가불 선택하지 않을 수 없고, 매일 자연 속을 거닐 수도 없는데 어떻게 해야 하나?

2019.9.30. 아침 5시에 일어나 준비했는데, 혹시나 일출을 볼 수 있을까 해서 인터넷으로 검색해봤더니 6시 14분에 해가 뜬다고 한다.

---

1 『信心銘』, 至道無難, 唯嫌揀擇.

이미 늦었다. 조선 시대에 14세 소녀 김금원(金錦園, 1817~1850)도 금강산을 유람하고 관동팔경을 돌아보던 중 낙산사에 들러 일출을 감상하며 제목 없이 다음과 같은 시를 남겼다.

●

붉은 연자 바퀴처럼 바다 위 구름 깨뜨리고
위로 떠 올라 자꾸 치솟는다
물 긷고 땔나무 지고 가는 골목길엔
안개비와 상서로운 먹구름 가벼운 먼지 적신다

紅輪碾破海天雲, 上得竿餘轉運頻.   홍륜년파해천운, 상득간여전운빈.
汲水擔薪村巷曲, 涳濛瑞靄泡輕塵.   급수담신촌항곡, 공몽서애읍경진.

낙산사 앞 주차장에 주차해놓고 나니 아침 7시 반이 되었다. 낙산사 입구 길에는 낙엽이나 쓰레기도 없는데 누군가 빗자루 자국이 남게 흙길을 쓸고 있다. 밟고 지나가기가 미안하다. 그는 혹시 마음속의 번뇌를 쓸어내고 있는 것은 아닌지.

의상대와 보타전의 갈림길 가운데 '길에서 길을 묻다'는 말을 돌에 새겨놓았다. 길을 물어볼 사람이 없다. 나는 먼저 의상대와 홍련암을 보러 갔다. 의상대는 역사적 배경 때문일까, 2009년 해체 복원하여 돌계단 하나하나 기둥 하나하나 보석을 다듬듯 정성을 들여 만들었고, 단청 역시 우아함에 신성함도 깃들어 있다. 게다가 아침 해가 의상대를 향해 바닷길을 환하게 열고 달려와 오색찬란하게 비추고 있다. 해파랑길의 '해'가 태양을 의미하고, '파랑'이 바다를 의미한다고 하는

낙산사 의상대 앞바다

데, 이 한 장면이 해파랑길의 캐릭터를 대표할 수 있을 것 같다.

　의상대를 보고 홍련암으로 가는 길에 의상대를 바라보니 절벽에 붙어 있는 노송이 의상대와 오랜 세월을 벗하고 있는 게 보인다. 저렇게 생사고락을 함께할 수 있는 벗이 있다면 그것은 천운일 것이다. 홍련암 가는 길가엔 2005년 화재 현장을 사진으로 전시하고 있는데, 새로 만든 난간은 화마에게 보란 듯 하얀 화강암을 정성스럽게 다듬어 만들었다.

●

義湘臺 의상대에서　　　　　　　　　　　　　　　2019.9.30. 南相鎬

태양이 바닷길로 와 소나무 빗장 열고
오색영롱한 색깔로 옛 정자 새롭게 일으키네
이 아름다운 절 잿더미로 만든 화마 어디로 갔는가
무정한 나도 지난날 참사를 마음속에 되새겨보네

太陽踏海闢松扃, 五色玲瓏勃古亭.　　태양답해벽송경, 오색영롱발고정.
燒寶火魔何處去, 無情俗客在心銘.　　소보화마하처거, 무정속객재심명.

　의상대와 홍련암을 본 다음 되돌아 나와 보타전으로 갔다. 보타전 앞에는 연못과 연못을 내려다볼 수 있는 2층 누각이 서 있다. 많은 사람이 함께 모일 수 있게 넓고 크게 지었다. 보타전 양쪽에는 거대한 석등이 서 있다. 왠지 어두운 세상을 환히 비추어줄 수 있을 것 같다. 보타전 동쪽으로 나 있는 산길에는 '설렘이 있는 길'이란 표지판이 붙어 있다. 무엇에 대한 설렘일까? 따라 올라가 보니 해수관음상이 알 수 없는 미소를 띠며 세상을 내려다보고 있다. 보는 사람의 마음에 따라 달리 보이겠지만, 오늘 나에겐 아무 걱정근심 말라는 듯 빙그레 웃어 주는 것 같았다.

　해수관음상에서 서쪽으로 난 길을 따라가니 원통보전圓通寶殿이 있다. 원통보전의 편액 글씨는 경봉(鏡峰, 1892~1982) 스님이 쓴 것이다. 어느 날 경봉 스님이 쓴 '세계일화'世界一花라는 서예 작품을 보고 깜짝 놀란 적이 있다. 도가 높으면 고해도 한 송이 꽃으로 보이는가 하는 생각이 들었기 때문이다. 나중에 안 사실이지만, 세계일화는 불경에 나오는 말이었다. 원통보전 앞에는 깨진 옛 석탑을 그대로 쌓아 놓았다. 긴 세월 얼마나 많은 변고가 있었을까? 그중에서도 지난 2005년 4월 산불로 낙산사 대부분이 불에 타 재가 되었으니, 석탑도 수많은 세월 속에 온전하기 어려웠을 것이다. 1469년 예종의 명으로 주조된 보물

낙산사 의상대(義湘臺)의 단청

제479호 동종도 2005년 산불에 녹아버려 2006년 10월에 다시 복원하였다. 누굴 원망하고 탓하랴, 삼라만상이 다 그런 것을. 서쪽 홍예문을 나와 노송으로 우거진 산길을 내려오다 보니 안타까움 마음이 진정되었고, 무슨 이유인가 내 마음속을 빗질한 것처럼 말끔해졌다.

8시 반 일주문을 나서니 찻길 소음 때문에 머리에 경련이 일어나는 것 같다. 하지만 낙산사에서 설악해변까지는 자동차와 함께 가야 한다. 하지만 오늘 걷는 구역의 해파랑길은 나무를 깔아서 걷는 느낌이 좋다. 오늘은 걸음도 빨라 시간당 5km는 걸을 수 있었다. 그래서 속초 청호동 아바이마을까지 12km를 2시간 반 만에 걸었다.

점심을 먹으러 갔다가 갯배를 타 보았다. 편도에 500원이다. 한 어린 여동생은 오빠의 손을 뿌리치며 자기가 해보겠다고 못 하게 한다. 쇠갈고리를 들어 올릴 힘조차 없는데도 말이다. 힘든 일인데도 스스로 해보려는 것은 무엇 때문일까?

無動力船 갯배　　　　　　　　　　　　　　　　2019.9.30. 南相鎬

줄을 잡아당겨야 겨우 조금 나아가는데

어째 어린애가 먼저 하려 하는가

자식 교육 어려울 것 없지요

평생 그렇게 자기 힘으로 살게 하면 되는 것

拉繩移一尺, 何以小孩先.　　　　남승이일척, 하이소해선.

教子無難事, 平生用己肩.　　　　교자무난사, 평생용기견.

　갯배를 타고 물을 건너가니 크기가 한두 뼘쯤 되는 물고기 떼가 수백 마리 무리 지어 놀고 있었다. 신기하여 물어보았더니 새끼 숭어라고 한다. 11시 40분 다시 아바이마을로 돌아와 북한식 순대국밥(8,000원)을 먹었다. 순대 속은 많은 양념이 들어가 잡다한 느낌이 들고, 음식의 간은 심심하였다. 나오는 길에 커피집에서 커피(3,000원) 한 잔 마시고 12시 20분에 영금정靈琴亭으로 출발하였다.

속초 아바이마을 갯배와 어선

아바이마을에서 영금정까지는 2km 정도에 30분 걸렸다. 영금정에서 잠시 쉬면서 가져간 사과를 먹고 있는데, 어린아이가 쳐다본다. 먹는 사과 한 개뿐이어서 대신 초콜릿을 하나 주었다. 금새 아이의 얼굴이 밝아진다. 큰길가로 나와 양양 가는 9번 시내버스를 타고 낙산사 주차장으로 돌아왔다. 시간이 벌써 2시 15분이었다.

●

靈琴亭 영금정　　　　　　　　　　　　　　　_2019.9.30. 南相鎬

바닷가 정자에 올라 색다른 소리에 귀 기울여 보는데
거문고 소리는 전혀 들리지 않네
혹시 귀 막고 마음의 음악을 듣는 것인가?
늙은 길손 공연히 파도 소리만 탓하네

臨海登亭注異鳴, 全然沒聽彈琴聲.　　　임해등정주이명, 전연몰청탄금성.
或如閉耳聞心樂, 老客空然責碧瀛.　　　혹여페이문심악, 노객공연책벽영.

　　해파랑길 45번 코스에는 영랑호가 들어 있지만, 2005년 4월에 영랑호반 콘도에서 열린 교수회의에 참석했을 때 한 바퀴 돌아본 것으로 대신하고, 그때 지은 시를 함께 편집한다.

●

永郎湖 영랑호에서　　　　　　　　　　　　_2005.2.17. 南相鎬

눈 덮힌 산 위로 추운 겨울은 지나가니
호숫가 백로도 날아왔네
오고 감은 천지의 도인데
구름은 어째 산 주위를 배회하는가

雪上嚴冬去,湖邊白鷺來. 설상엄동거, 호변백로래.
去來天地道,雲獨何徘徊. 거래천지도, 운독하배회.

이번 여행의 주제는 번뇌를 씻는 것이었다. 그런데 번뇌는 씻을 수 있는 것이 아니었다. 불이 꺼지면 그림자도 사라지듯, 상대적 관념을 떨치면 번뇌는 사라지는 것이다. 상대적 관념을 떨치는 방법은 무엇일까? 역설법으로 상대적 대립 관계를 해소하면 되지 않을까? 예를 들어 '무연'無然이란 개념을 상대적 부정어로 보면 '그런 것이 없다'는 뜻이 되지만, 역설적으로 보면 '다 그렇고 그런 것'이라는 뜻이 된다. 그것은 승찬僧璨의 말처럼 상대적 대립 관계를 해소함으로써 유혐간택唯嫌揀擇게 될 수는 있을 것이다. 그렇게 세상을 한 송이의 꽃으로 볼 수 있으려면, 얼마나 많은 덕을 쌓아야 할까?

속초 영금정(靈琴亭)

수산항–장사항

장사항-가진항

2019.8.31. 9시 35분 – 14시 55분(5시간 20분)
Course 46 장사항 ▶ 삼포해변 15㎞
Course 47 삼포해변 ▶ 가진항 9.7㎞

　이번 트레킹의 주제는 '설렘'이다. 조선 시대에 수도승이나 여행객들이 이 길을 따라 금강산으로 갔을 텐데, 그들의 기분이 어땠을까 하는 생각이 들기 때문이다. 특히 해파랑길 46번 코스에는 관동팔경 중 하나인 청간정이 있고, 금강산 가는 길에 잠시 들러 쉬어 가는 곳이기 때문이다. 그래서인지 그동안 많은 문인의 입에 오르내렸기 때문에 더욱 궁금했다. 아침을 일찍 먹고 집을 나서는데 이미 6시 45분이다. 홍천까지 고속도로로 가다가 종전 국도를 통해 미시령을 지나 속초로 갔다.

　2019.8.31. 8시 35분에 강릉 영랑호 주변에 도착하였는데, 국수집이 9시에 문을 열기 때문에 기다리다 놀이터 벤치에 잠시 누워 쉬었다. 맑은 가을 하늘이 나뭇잎 사이로 보이고, 멀리 흰 구름으로 덮여 있는 울산바위도 보인다. 9시가 되어 아침이지만 가자미회국수를 먹었다. 특히 물 대신 마시라고 나온 따뜻한 멸치 육수도 맛있었다.

장사항에 차를 주차해놓고 도보여행을 시작한 시각이 9시 35분이다. 걷기 시작했는데, 장사항 옆 산에 오르는 나무계단이 불에 타 훼손되었다. 금년 봄 4월 고성산불로 인해 해를 입은 것이다. 산불에 큰길가 집들까지도 불타서 전쟁터같이 폐허가 되어버렸고, 방풍림 해송 숲도 타 말라버렸다. 하지만 불에 탄 해송 밑에는 해당화가 분홍색의 꽃을 피우고 있는데 맺힌 열매는 주황색도 있고 붉은색도 있다. 설마 불에 데어서 그런 것은 아니겠지?

　　천진천天津川이 동해와 만나는 지점에 있는 청간정으로 가는 길에는 태백산 줄기에서 흘러내린 하천에는 물오리들이 둥둥 떠다니고, 왜가리는 물가에 우두커니 서 있다. 새는 때를 기다리고 있는 것인지도 모르는데, 나는 오히려 한가한 기분이 든다. 그런 자연에 대한 것이나 미지의 세계에 대한 설렘은 도대체 어디서 오는 걸까?

胸動 설렘　　　　　　　　　　　　　　　　　　2019.8.31. 南相鎬

설렘은 어디서 오는 걸까?
감정은 나이도 개의치 않네
가을바람 죽엽을 흔드는데
늙은 길손 해파랑길 떠나고 싶어 하네

胸動由何處, 感情不介者.　　　　　흉동유하처, 감정불개기.
秋風搖竹葉, 老客欲行遠.　　　　　추풍요죽엽, 노객욕행규.

천진천 끝자락에서 바다를 마주하고 있는 청간정에 이르니 10시 10분이 되었다. 1시간 35분이 걸린 것이다. 잠시 쉬면서 돌의자에 앉아 간식을 먹으며

환색 해당화

10분 정도 쉬었다. 청간정은 조선 명종 15년(1560)에 군수 최천이 크게 수리를 했다는 기록뿐 애초에 언제 누가 지었는지는 알 수 없다. 1881년에 불탄 것을 1928년 면장 김용집이 발의하여 재건하였다고 한다. 그래서 지금의 청간정은 백년이 안 된 것이다. 그래서인가 이승만 대통령의 청간정이란 현판과 최규하 대통령의 시구 휘호가 걸려 있으며, 조선조의 택당 이식의 시를 문집에서 인용하여 시판으로 만들어 걸었다.

누정 문화는 대개 시인의 시문과 서예가의 휘호로 이루어지는데, 그것은 한가한 시간에 여유와 멋을 보태기 위한 것이다. 그래서 명루에는 많은 시인이 경관의 아름다움을 노래하여 시판을 걸어두고, 일반 여행자들은 그들의 눈을 통해 그 아름다움을 감상하게 하는 것이다. 같은 경관을 두고 하는 이야기이니 공감하기 쉬운 것이다.

관동팔경에는 평해平海의 월송정越松亭, 울진의 망양정望洋亭, 삼척의 죽서루竹西樓, 강릉의 경포대鏡浦臺, 양양의 낙산사洛山寺, 고성의 청간정

淸澗堂, 고성의 삼일포三日浦, 통천의 총석정叢石亭이 있다. 이중 삼일포와 총석정은 이북에 있는 것이다. 관동팔경과 관련한 역사 기록은 여러 가지가 있는데, 신라 시대에는 영랑永郎 · 술랑述郎 · 남석랑南石郎 · 안상랑安祥郎이 삼일포와 월송정에서 놀았다는 전설도 있고, 정철鄭澈이 관동팔경과 금강산 일대의 산수미山水美를 읊은 〈관동별곡〉도 있다.

택당 이식(澤堂 李植, 1584~1647)은 유명한 시인이자 한문학에 정통하여 월사 이정구(月沙 李廷龜, 1564~1635) · 상촌 신흠(象村 申欽, 1566~1628) · 계곡 장유(谿谷 張維, 1587~1638)와 더불어 조선의 한문사대가漢文四大家이다. 그 때문에, 사람들은 그들의 호를 한자씩 따

고성군 토성면 청간리 청간정

서 월상계택月象谿澤이라 부른다. 정철(鄭澈, 1536~1593)이 1580년에 〈관동별곡〉을 지었으니, 택당도 그것을 듣거나 읽어보았을지도 모른다. 그들은 이곳에 오기 전에 어떤 기대감과 설렘이 있었을까? 그가 실제 와본 현실에는 시인의 그림자도 없으니, 허전한 기분에 마음 달래려 날아가는 갈매기만 보았던 것 같다.

●

清澗亭 청간정   _택당 이식(澤堂 李植)

하늘이 시켰나? 바다엔 밀물 썰물도 없는데
방주 같은 정자 하나 물가에 서 있네
붉은 해 솟으려 햇살 먼저 창문을 비추는데
푸른 물결 일렁이자 옷자락은 벌써 나부끼네
동남동녀 실은 배 순풍 만나 간다 해도
서왕모 선도 복숭아는 여는 시기 3천 년이나 걸릴 것을
슬프다! 신선의 자취 접할 수 없으니
난간에 기대서 공연히 날아가는 백구만 바라보노라

天教滄海無潮汐, 亭似方舟在渚涯   천교창해무조석, 정사방주재저애.
紅旭欲昇先射牖, 碧波纔動已吹衣.   홍욱욕승선사유, 벽파재동이취의.
童男樓艓遭風引, 王母蟠桃着子遲.   동남루접조풍인, 왕모반도착자지.
怊悵仙蹤不可接, 倚闌空望白鷗飛.   초창선종부가접, 의란공망백구비.

그동안 여러 자료에 나타난 것을 미리 보고 왔지만, 실제 누각에 올라보니 3면이 확 트인 전망이 좋다. 이름이 청간정이지만, 전망은

동해와 해변의 풍광이 좋다.『신증동국여지승람』에 보면 청간역 동쪽 몇 리 떨어진 곳에 만경루_{萬景樓}가 있었다고 전해오는데 지금은 보이지 않고, 만경대에 올라 지은 시 몇 수가 전해지고 있다. 만경대는 바위로 된 자연물로서 지금도 있다.

누각 뒤쪽에는 조릿대가 무성하고, 그 옆에는 노송이 이웃하고 있다. 청간정이나 만경루도 예전에는 시문학의 산실이었지만, 지금은 관광이나 휴식 공간일 뿐이다. 조선 시대 여류시인 김금원(金錦園, 1817~1850)이 14세에 남장을 하고 관동지방의 금강산과 관동팔경, 관서지방의 의주와 한양 일대를 유람하며 산문과 시를 지어『호동서락기_{湖東西洛記}』라는 책을 남겼다. 그중 금강산에서 남쪽으로 가는 길에 청간정에 들러 다음과 같은 시를 지었다.

轉向杆城上淸澗亭 간성으로 길 청간정에 올라　　　　김금원(金錦園)
　조각 하늘 저녁노을 가에 푸르게 터졌는데
　천지개벽할 때처럼 삼라만상이 새로운 게 똑같네
　할 일 없는 아이 좋은 차를 다리려
　소나무 사이의 조각달로 맑은 샘물을 긷네

片天青綻暮雲邊, 萬象新同開闢年.　　*편천청탄모운변, 만상신동개벽년.*
解事奚童將煎茗, 漏松缺月汲淸泉.　　*해사해동장전명, 누송결월급청천.*

清澗亭 청간정   _ 2019.8.31. 南相鎬

백두대간 아래 맑은 시냇물
오랜 세월 끊임없이 흘렀겠지요
선현은 천기 따라 시를 짓는다지만
나는 주석 찾아야 감상할 수 있다오
요즘엔 고문헌 자료가 많아
시대를 뛰어넘는 소통 쉽게 긴밀해져요
누정을 고쳐도 이름은 마찬가지니
관동팔경 이야기 면면히 이어지겠지요

白頭大幹下淸川, 不斷長流數億年.   백두대간하청천, 부단장류수억년.
先士吟風從性命, 後人賞韻找明箋.   선사음풍종성명, 후인상운조명전.
而今多備古文獻, 越代疏通容易緊.   이금다비고문헌, 월대소통용이긴.
改築樓亭名一樣, 關東故事續綿綿.   개축누정명일양, 관동고사속면면.

고성군 토성면 청간리 청간정

택당이 당대의 한문사대가 중 누구라도 만날 수 있었다면, 두보와 이태백이 만나 시를 주고받았던 것처럼 재미있는 고사가 만들어졌을 것이다. 두보와 이백은 언제 어떻게 만나고 어떤 시를 주고받았을까? 이백(李白, 701~762)은 744년 여름 낙양洛陽에서 두보(杜甫, 712~770)를 만났다고 한다. 두보가 11살 위인 이백의 영향을 받았을 것이라는 주장이 있다. 이백은 두보와 섬서성陝西省 석문石門에서 헤어지면서 지어준 시와 산동 문수 부근의 사구성沙邱城에서 지어 보낸 시가 있다.

魯郡東石門送杜二甫
노군 동쪽 석문에서 두보를 보내며   _ 이백(李白)

취한 채 이별한 지 몇 날이 되었는가?
높이 올라 못과 누대를 두루 보노라.

청간정에서 본 동해

장사항–가진항

언제 석문 길에서
다시 황금 술 항아리 열어보나?
가을 파도는 사수로 흘러들고
바닷물은 조래산을 밝게 비추노라.
떠돌이 신세 된 채 멀리 헤어지리니
또다시 손에 든 술잔이나 다 비워보세.

醉別復幾日, 登臨遍池臺.   취별부기일, 등림편지대.
何時石門路, 重有金樽開.   하시석문노, 중유김준개.
秋波落泗水, 海色明徂徠.   추파낙사수, 해색명조래.
飛蓬各自遠, 且盡手中杯.   비봉각자원, 차진수중배.

* 당 현종 천보3년(744년) 이백은 낙양(洛陽)에서 두보와 만났다. 745년 두 사람은 다시
  만나 제로(齊魯) 지역에서 함께 놀러 다녔다. 그해 가을 두보는 장안으로 가고, 이백은
  다시 강동(江東)으로 떠나며 노군(魯郡, 지금의 兗州)의 석문산(石門山)에서 헤어지며
  두보에게 시를 한 수 지어준 시가 〈魯郡東石門送杜二甫〉이다.
* 제목의 '二'字는 두보가 둘째 아들이기 때문이다.

두보 역시 당시 유명한 술꾼들에 관한 시를 지었는데, 그중에 이백
에 관한 시는 다음과 같다.

●
飲中八仙歌 여덟 주선에 관한 노래   _두보(杜甫)
이백은 술 한 말에 백 편의 시를 짓고
장안 저잣거리 술집에서 잠을 자며
황제가 불러도 배에 오르지 않고
자칭 '술 속에 사는 신선'이라네

李白一斗詩百篇, 長安市上酒家眠.
天子呼來不上船, 自稱臣是酒中仙.

※ 술의 여덟 신선에 관한 노래 중 일부

청간정을 돌아가면 아야진 해수욕장이 있다. 아야진 해수욕장에 이르니 다른 해수욕장과 달리 많은 사람이 따가운 가을 태양 볕을 즐기며 젊은이들이 물놀이를 하고 있다. 한참을 가다 보니 해파랑길 표지판이 산 쪽을 향해 나 있다. 산을 올라보니 소나무가 많고, 큰 바위에 둘러싸인 소나무가 몇백 년은 된 듯 거대하고 미끈하게 잘 생겼다. 누군가 제물로 보이는 술과 안주를 나무 밑에 놓아두었다. 해안 쪽 아래로 내려가니 천학정天鶴亭이 있었다. 천학정은 고성팔경 중 하나로서, 1931년 한치응韓致應의 발의로 최순문과 김성운이 지은 것이다. 전면 2칸, 측면 2칸에 겹처마 팔작지붕의 단층으로 된 작은 정자이지만, 주변 환경과 잘 어울려 아름답다. 며칠이고 부근에 방 잡아놓고 정자에서 놀고 싶다. 천학정 시판에는 누가 지었는지 모르지만, 다음의 시가 새겨 있다. 시판이 오래되고 썩은 데다 후세 사람들이 글자도 모르면서 함부로 흰색 페인트를 칠하여 알아보기 어려운 글자가 몇 자 있다.

천학정 시판

天鶴亭 천학정

_작자 미상

천학정이 높아 하늘에 가까워
하늘은 신령한 경치를 동쪽에 허락하였네
난간 머리는 천길 절벽으로 수직으로 떨어지고
포구는 십리의 안개 속에 비스듬히 빠졌네
돛단배 그림자 오르는 파도 구름 끝에 지는데
거문고 소리 화음 눈앞에 이어지네
세간의 번거로움 망각 속에 흐려지니
여기에 온 사람은 누구든 다시 신선을 사랑하게 되리

天鶴亭高近上天, 天教靈境許東邊.   천학정고근상천. 천교영경허동변.
軒頭直推千尋壁, 浦口斜況十里煙.   헌두직각천심벽. 포구사침십리연.

교암리 천학정(天鶴亭)

帆影昇波雲際落, 琴聲和韻目中連.　　범영승파운제락, 금성화운목중연.
世間塵累渾忘却, 到此何人復愛仙.　　세간진루혼망각, 도차하인복애선.

◦ 7구의 세 번째 자(塵), 8구의 여섯 번째 자(愛)와 일곱 번째 자(仙)는 필자가 한시의 압운
법이나 서예의 필법을 미루어 추정한 것이다.

天鶴亭 천학정에서　　　　　　　　　　　　2019.8.31. 南相鎬

산록의 정자 백년 가까이
파도 소리 듣고 바다 바라보며 신선들 불러들였네
단청의 비색도 아름다우니
경치 즐기는 돌 두꺼비 영원히 못 떠나네

山麓古亭近百年, 聽波觀海請神仙.　　산록고정근백년, 청파관해청신선.
丹靑秘色含高雅, 耽景石蟾永不遷.　　단청비색함고아, 탐경석섬영불천.

　천학정 아래 바닷가에는 잠수부가 공기공급기를 뒤집어쓰고 물질
을 하고 있고, 갯바위에는 파란 파라솔을 드리우고 낚시를 하는 노
인이 있다. 그런데 옆 컨테이너에는 낙서하듯 페인트로 '고통 없이
는 얻는 것도 없다'는 'no
pain no gain'이란 말이
쓰여 있다. 정말 아이러
니하다. 우리는 과연 얼
마나 치열하게 살아야만
하는 것일까?

교암리 앞바다 잠수부(머구리) 어선

無苦無得 no pain no gain   2019.8.31. 南相鎬

어부가 잠수하여 고기를 잡는데
극한투쟁 중
일체 그냥 얻어지는 것 없으니
조심히 치열하게

漁夫潛水下, 極限鬪爭中.   어부잠수하, 극한투쟁중.
一切無空得, 小心作熱功.   일체무공득, 소심작열공.

    천학정을 내려가면 교암리橋岩里 해수욕장이 있다. 사람이 없어 한적하기도 하지만 해안에는 바위가 병풍처럼 둘러싸여 이국적인 느낌이다. 주로 스쿠버다이빙 하는 사람들이 많이 보인다. 해변마다 모이는 사람들의 취미가 다른 것 같다.

    백도항을 지나 죽왕면 문암1리에 왔을 때 이미 1시 10분이 되었다. 배도 고프고 지쳐서 문암리에 있는 삼교리 막국수집에서 점심으로 막국수를 먹으며 쉬었다. 점심을 먹고 걷다 보니까 어느새 송지호 해변에 이르렀다. 오늘의 목표는 삼포해변까지 15.5㎞ 걷는 것이었는데, 이미 삼포를 지났는지도 모르고 송지호 해변까지 이른 것이다. 송지호 해변은 파도타기 매니아가 많이 모여 있다. 이미 3시 가까이 되고 지쳐서 송지호까지는 가지 못하고 큰길로 나가 시내버스(2,250원)를 타고 3시 30분에 승용차 있는 곳으로 돌아왔다. 바로 출발하여 집에 돌아오니 오후 5시 20분이 되었다.

이번 여정의 주제는 설렘이었다. 옛 선현들이 금강산을 찾아가면서 어떤 설렘을 가지고 걸었을까 하는 생각을 가지고 시작한 것이다. '설렘'은 하나의 기대감으로서 때로는 가슴 뛰게 하기도 한다. 이번 도보여행도 처음 가는 길이라 신선함도 있지만 맑고 깨끗한 동해안의 풍광에 5시간 반이나 걸었어도 피곤하지 않았다. 옛사람들도 금강산으로 가다가 금강산 가고 있는 것도 잊지 않았을까? 이제부터 본격적으로 나머지 해파랑길을 가려 하니 걱정과 설렘이 교차한다. 결과야 어찌 됐든 걷는 과정에서 파도 소리에 위안받은 것만으로도 만족할 것 같다.

송지호 해수욕장과 죽도

장사항—가진항

삼포해변 – 거진항

2019.8.31. *9시 35분 – 14시 55분(5시간 20분)*
Course 47 삼포해변 ▶ 가진항 9.7㎞
Course 48 가진항 ▶ 거진항 16.4㎞

이번 트레킹의 주제는 'mindfulness'[1]이다. 불교나 요가의 수행법에서는 그것을 '알아차림'이나 '마음 챙김'이라 번역한다. 자아성찰을 통해 자기 마음을 알아차리는 것이다. 지정의의 관계를 삼각형에 비유할 때, mindfulness의 이상적인 상태는 +방향의 정삼각형이 될 때일 것이다. 즉, 지정의가 xyz 3축의 원점에서 각각 같은 거리에 있는 세 점을 연결하면 정삼각형이 되는데, 필자는 그것을 mindfulness의 이상적인 상태로 본다.[2] 지정의가 어느 쪽에 치우침 없이 작동하기 때문이다.

---

1 mindfulness는 남방 불교어인 팔리어의 사띠(sati)를 영어로 번역한 말로서 알아차림 (awareness) · 주의(attention) · 기억(remembering) 등의 뜻을 내포하고 있으며, 인간의 의식적 과정으로서 인지주의의 정보처리과정과 일치한다. 알아차림은 개인의 내적 환경이나 외부세계의 자극 또는 정보들을 감지하는 의식의 레이더 역할을 한다.(『상담학 사전』, 2016. 김춘경, 이수연, 이윤주, 정종진, 최웅용)
2 이 책 167쪽의 〈지정의 통균형 관계도〉 참조 바람.

지정의는 0점을 중심으로 +와 -의 방향으로 움직이며 상호작용한다. 기본을 긍정적인 것으로 볼 때, -의 경우는 부정적인 것으로 볼 수 있다. ① z축을 지성이라 할 때, xy축의 값이 +에 있어도, z축의 값이 -로 움직이면, 모든 것이 부정으로 변한다. 즉 지성의 자기 다툼인 이율배반적 사고 중 긍정명제인 테제를 +라 한다면, 반대 명제인 안티테제는 -가 된다. 예를 들어 긍정명제로 세계를 절대·보편·무한·필연적인 것이라고 보면, 반대 명제는 상대·특수·유한·우연적인 것이라고 보게 된다. ② y축을 감정이라 할 때, xz축의 값이 +에 있어도, y축의 값이 -로 움직이면, 모든 것이 부정으로 변한다. 즉 '희노애락애오喜怒哀樂愛惡' 중 '희애락喜愛樂'으로 되면 +가 되지만, '노애오怒哀惡'가 되면 -가 된다. 그뿐만 아니라 맹자가 말하는 '측은지심·수오지심·사양지심·시비지심'을 +로 본다면 악한 감정은 -가 된다. 예를 들어 인의예지도 감정이 노엽고 슬프며 미워하면 하지 않는다. ③ x축을 의지라고 할 때, yz축의 값이 +에 있어도, x축의 값이 -로 움직이면, 모든 것이 부정으로 변한다. 즉 의지가 그 무엇을 긍정적으로 하겠다면 +가 되지만, 부정적으로 하겠다면 -가 된다. 예를 들어 옳은 일도 의지가 하지 말라면 안 하게 된다. 그래서 긍정적인 사람은 지정의가 모두 + 영역에 있지만, 부정적인 사람은 지정의 중 하나 이상이 - 영역에 있다.

　지정의의 관계로 종교 행위를 분석하면 어떻게 될까? 종교 행위상 신앙의 대상을 ①지성은 절대·보편·무한·필연적 존재로 이해하고, ②감정은 절대 · 보편 · 무한 · 필연적으로 사랑하고 신뢰하며, ③ 의지는 절대 · 보편 · 무한 · 필연적으로 지향한다. 그러므로 종교인은 무한한 행복이나 영생을 추구하게 되는 것이다.

지정의는 양극단을 설정하고 사물에 접근하는 것이므로, 그런 접근 방법과 존재를 일치시키면 안 된다. 즉, 지성이 절대와 상대, 보편과 특수, 무한과 유한, 필연과 우연이라는 개념으로 사물에 접근하는 것이므로 그런 사물이 있다고 보아도 안 되고; 감정이 호오 · 희노 · 애락 등의 감정으로 사물에 접근하는 것이므로 그런 사물이 있다고 보아도 안 되며; 의지가 진퇴 등의 방향으로 사물에 접근하는 것이므로 그런 사물이 있다고 보아도 안 된다. 그것은 생각 속의 사물이 현실에도 똑같이 존재한다고 보는 것이기 때문이다.

지정의는 xyz축의 원점을 공유하면서 삼위일체가 되어 유기적으로 상호작용을 한다. 의식이 있는 한 지정의가 미발일 수 없지만, 관념적으로는 원점이 있으므로 필자는 그것을 원심元心[3]이라고 부른다. 원심이 작용하게 되면 지정의 세 가지가 나타나는데, 사람 간 역량의 차이는 삼각형의 크기로 구분할 수 있고, 성격의 차이는 삼각형의 모양으로 구분할 수 있을 것이다.

지정의는 왜 어긋나며, 어긋나면 어떻게 공조하게 할 것인가? 지정의의 불균형은 주로 감정이 동요하기 때문에 생긴다. 『대학』을 중심으로 검토해보면 다음과 같다. 즉 "수신이 그 마음을 바르게 하는 것

---

3 元자는 元과 ㆍ간의 자간 거리를 -50으로 설정하여 만든 것으로서, 원심(元心)은 무내외적(無內外的)인 본심을 말한다. 졸저, 『How로 본 중국철학사』(2015, 서광사) 727쪽 참조.

에 있다고 하는 것은, 몸에 분노함이 있어도 마음의 바름을 얻지 못하고, 무서워함이 있어도 마음의 바름을 얻지 못하며, 좋아하고 즐거워함이 있어도 마음의 바름을 얻지 못한다"[4]고 하였다. 여기서 마음이 바름을 얻지 못 한다는 것은 지정의가 화통중균和通中均이 안 된다는 것이다. 하지만 외물과의 관계에서 일어나는 희노애락애오욕의 감정은 일상생활에서 피할 수 없는 것이다. 어떻게 공조하게 할 것인가? 『대학』에서는 정심正心이 성의誠意에 달려 있다고 한다. 도덕 의지를 중심으로 성덕誠德을 쌓으면 된다는 것이다. 성의의 의는 명덕明德, 또는 도덕 의지를 말하는 것이므로, 『대학』이 제시한 감정 다스리기 해법은 도덕 의지 주도형이 된다.

지정의가 스스로 통균通均을 이루게 할 방법은 무엇인가? 지금까지 필자의 연구 결과로는 지정의의 중추가 어떤 것인지는 아직 모르겠다. 하지만, 몇 시간 동안 걷기만 해도 지정의가 스스로 조화를 이루어 마음이 부자가 되는 것을 보면 공조 능력은 이미 갖추어져 있다고 볼 수 있다.

2019.10.27. 속초 찜질방에서 5시에 출발하여, 송지호까지 승용차로 이동하였고, 지난번에 멈추었던 송지호 입구 주차장에 정차하고 곧바로 출발하였다. 해가 뜨기 전이라 바람이 차다. 송지호 동쪽 길

---

4 『大學』 7: 所謂修身在正其心者, 身有所忿懥, 則不得其正; 有所恐懼, 則不得其正; 有所好樂, 則不得其正; 有所憂患, 則不得其正. 정이천은 주석에서 "身은 마땅히 心이라야 한다"(程子曰: 身有之身當作心.)고 했다.

을 따라 걷다가 해파랑길로 들어섰다. 해파랑길은 왕곡마을을 돌아 나오는 것으로 되어 있지만, 나는 곧바로 공현진 해변으로 갔다. 가는

송지호의 송호정(松湖亭)

길에 해가 떠오르고 있었다. 이번 여정은 평지가 많아 걷기에는 부담이 없지만 지루한 감이 있다. 하지만 같은 모양의 논밭, 같은 모양의 해변 등은 내 마음을 빼앗아 가지 않으므로 mindfulness에 오히려 도움이 된다. 볼거리가 많으면 마음이 가만히 있기가 어렵기 때문이다.

가진해변의 일출과 해변 바위

가진항에서 아침 식사로 회덮밥을 먹었다. 1인분 식사로는 물회나 회덮밥 같은 것뿐이고, 생선탕을 먹으로면 3만원 짜리 매운탕을 시켜야 한다. 회덮밥을 먹고 거진항 쪽으로 가는데, 들판에서 오징어 냄새가 난다. 알고 보니 들판 공터에서 어부가 어망을 말리고 있었다. 논둑길과 하천 제방을 따라 걷다가 다리를 건너는데 주황색 해파랑길 화살표가 나에게 '앞으로 전진! 힘을 내!'라고 외치는 것 같았다. 북쪽 제방 옆에는 남천마루 쉼터라는 정자가 있고, 길 건너편 가정집에는 돌이나 각종 생활 도구에 페인트 그림을 그려 집 울타리를 장식해놓았다. 잠시 쉬어가라는 것이다. TV에서도 소개한 적이 있는 집인데, 해파랑길을 가는 여행자들에겐 하나의 볼거리가 될 것이다.

넓은 들판을 지나 산자락의 마을로 들어가니 선유정仙遊亭이라는 조그마한 정자가 있다. 약 20년 전부터 전국 각지 마을 단위에 이와 같은 정자가 들어서기 시작했다. 정자 이름으로 보면 신선처럼 살고 싶다는 주민의 염원을 알 수 있을 것 같다. 이 얼마나 좋은가! 길손도 그 덕을 볼 수 있으니. 한 시간 이상을 걸어왔기 때문에 잠시 쉬었다.

마을 뒤쪽으로 갔는데 그만 길을 잃고 말았다. 할 수 없이 새로 난 북천 제방길을 따라가다가 주황색 띠가 팔랑거리는 해파랑길을 만났다. 헤어진 친구를 만난 것처럼 반가웠다. 북천을 건너는 다리가 있는데, 동해북부선철교 교각을 기초로 만들어져 여전히 북천철교라고 부른다. 그런데 카카오 맵에는 여전히 교량표시가 없다.

북천철교를 건너 바닷가 쪽 하구 언덕에 송강정철정松江鄭澈亭이란 정자가 있다. 사람의 이름으로 정자 이름을 지은 것은 처음 본다. 아마도 그것은 정철의 관동별곡팔백리라는 문학적 개념을 부각하기 위한 것 같다.

　정자를 지나면 갯가에는 갈대밭이 펼쳐져 있고 갈대밭 사이로는 산책 코스를 만들어 놓았다. 누런 갈대밭 바깥에는 북천과 바다의 쪽빛 물색이 가을 하늘색보다도 짙푸르다. 송강은 〈관동별곡關東別曲〉에서 청간정과 만경대는 주목했는데, 이곳 북천과 거진해변의 물색에 대해서는 어떻게 생각했을까?

松江鄭澈亭 송강정철정　　　　　　　　　　　　_ 2019.10.27. 南相鎬

북천철교 건너 거진으로 들어가니
외로운 정자 바닷가에서 파도와 이웃하고 있네.
천변의 마른 갈대 철새들에 손짓하는데
물색은 마치 벽옥처럼 빛나네

走跨鐵橋入巨津, 孤亭臨海與波隣.　　*주과철교입거진, 고정임해여파인.*
川邊老葦揮仙客, 水色恰如碧玉彬.　　*천변노위휘선객, 수색흡여벽옥빈.*

　오전 6시에 송지호에서 출발하여 12시가 되어 거진항에 도착했다. 그것은 가진항에서 아침 식사를 하며 쉰 30분을 포함하여 25km를 6시간 동안 걸은 것이다. 47~48번 코스가 비록 넓은 들판 탁 트인 해

고성군 북천 하구 송강정철정(松江鄭澈亭)

송강정철정에서 본 해변

삼포해변–거진항

변으로서 비교적 나에게 집중하는데 좋은 조건이었지만, 3일째 걷다보니 피로가 쌓여 감각이 무뎌졌다.

이번 여정의 주제는 mindfulness였다. 마음 부자가 되기 위해 자기집중에 힘을 썼다. 그런 정신집중보다도 오히려 다리가 천근 만근하니까 마음속의 번거로움이 저절로 정리되고 mindfulness도 되는 것 같았다.

거진항-통일전망대

2020.1.6. `Course 49` 거진항 ▶ 통일안보공원 12km
`Course 50` 통일안보공원 ▶ 통일전망대 12km

이번 트레킹의 주제는 '무연無然'이다. 무연이라는 말은 본래 『시경』의 시어로서 기본적으로 '그런 것 없다'는 부정어이기 때문에, 역설적으로 해석하면 '세상에 그렇지 않은 게 없다'는 것이므로, 결국 '모든 게 다 그렇고 그런 것'이라고 이해할 수 있는 것이다. '그런 것然'에는 은유적으로 무엇이든 대입할 수 있으므로, 무연이란 말은 '은유적 역설'로도 활용할 수 있다. 아울러 그런 무연을 기초로 하는 무연관無然觀은 일체를 긍정할 수 있는 세계관이 될 수 있다.[1]

무연이란 말을 '은유적 역설'로 활용하여 지정의의 화통중균和通中均에 적용하면 어떻게 될까? 첫째, 무연의 '연', 즉 '그런 것'에 감정 언어를 대입하면 감정 주도형의 문제를 해결할 수 있다. 예를 들어 '세상은 고해'라는 말을 은유적 역설로 보면, '세상은 고해라는 그런 것 없다'는 부처처럼 '세계일화世界一花, 즉 세상은 한 송이 꽃'이라고

---

1 졸저. 『How로 본 중국철학사』(2015. 서광사) 참조.

이해할 수 있다. 둘째, 무연의 '연', 즉 '그런 것'에 지성 언어를 대입하면 지성 주도형의 문제를 해결할 수 있다. 예를 들어 '삶은 죽음이 아니다'라는 말을 은유적 역설로 보면, '삶은 죽음이 아니라는 그런 것 없다'는 장자처럼 '생사일여生死一如, 즉 삶과 죽음은 같은 것'이라는 뜻으로 이해할 수 있다. 셋째, 무연의 '연', 즉 '그런 것'에 의지 언어를 대입하면 의지 주도형의 문제를 해결할 수 있다. 예를 들어 '반드시 불사이군不事二君해야 한다'는 말을 은유적 역설로 보면, '반드시 불사이군해야 하는 그런 것 없다'는 공자처럼 '무가무불가無可無不可, 즉 반드시 그렇게 할 것도 없고, 그렇게 하지 않을 것도 없다'는 뜻으로 이해할 수 있다.

위와 같이 지정의 어느 하나에 편향될 경우, 무연의 '연然'에 그와 관련된 말을 대입하면 지정의의 편향성을 완화하거나 해소할 수 있다. 그뿐만 아니라 타인과의 관계에서도 그렇게 보고 듣고 말함으로써 같은 효과를 얻을 수 있는 것이다. 그것은 말에 '언어 효과linguistic effect'가 있기 때문이다.

'언어 효과'에 관한 학설에는 어떤 것이 있는가? 언어와 사고, 또는 인지와의 관계에 대해 인지과학cognitive science의 한 분야인 언어심리학psycholinguistics에는 다음 다섯 가지의 주장이 있다. ① 언어와 사고가 동일하다.(Humbolt, Bloomfield, Watson, Skinner, Staats) ② 인지의 발달이 언어 발달을 결정한다.(Piaget) ③ 언어와 인지가 독립된 능력이다.(Chomsky) ④ 언어와 사고는 발생학적으로 독립적이지만 발달과정에서 상호의존적 존재이다.(Vygotsky) ⑤ 언어가 인지와 사고를 결정한다.(Edward Sapir, 1884~1939; Benjamin Lee Wholf, 1897~1941)고 본다.[2]

물론 그에 대한 반대 이론도 있다. 스티븐 핑커(Steven Pinker, 1954~)는 찰스 다윈(Charles Robert Darwin, 1809~1882)과 노엄 촘스키(Noam Chomsky, 1928~)의 언어본능설에 입각하여 사피어-워프(Sapir와 Wholf)의 주장은 완전히 틀린 것이라고 비판했다. 즉 "그것은 실재의 근본 범주는 이 세계 안에 존재하는 것이 아니라, 문화에 의해 부여된다는 것이다. 이것은 틀렸다. 완전히 틀렸다. 사고가 언어와 동일한 것이라는 개념은 '관습적 부조리'라고 부를 수 있다"[3]는 것이다.

무연관은 〈하여가〉를 지은 이방원의 세계관처럼 보이기도 한다. 〈하여가〉는 이방원이 정몽주를 회유하기 위해 지은 것으로서 형식상 무연관으로 보는 것과 유사하다. 하지만, 무연관은 방법론적 세계관에 입각해 있는 데 비해, 〈하여가〉는 물론 〈단심가〉도 목적론적 세계관에 입각해 있는 것이다. 그들이 충돌하게 된 것은 각자의 가치관과 그에 따라 추구하는 목적이 다르기 때문이다. 그러면 각기 다른 가치관과 목적을 가지고 살더라도 서로 충돌하지 않게 하는 방법은 무엇일까? 그중 하나가 무연관이다. 그들의 세계관이 방법론적이든 아니

2 조명한 외 공저, 『언어심리학』, 서울: 학지사, 2003, 378쪽 참조.
3 스티븐 핑커 지음, 김한영 옮김, 『언어 본능』(The Language Instinct, - How the mind creates language-), 파주: 동녘 사이언스, 2007, 84쪽.

면 목적론적이든 간에 모두 하나의 방법일 뿐이라고 볼 수 있기 때문이다. 무연관의 언어적 효과에 이방원이 〈하여가〉로 정몽주를 설득하지 못한 한계는 있지만, 최소한 정몽주가 죽음을 무릅쓰고 〈단심가〉를 짓게 만든 효과는 있는 것이다. 세종의 한글 창제 이후 『청구영언』에 수록된 〈하여가〉·〈단심가〉와 그것을 한시로 번역한 문장과 현대식 번역은 다음과 같다.

1. **何如歌** 하여가　　　　　　　　　　　　이방원(李芳遠, 1367~1422)

이런들 엇더ᄒ며 져런들 엇더ᄒ료
만수산(萬壽山) 드렁츩이 얼거진들 엇더ᄒ리
우리도 이ᄀᆞ치 얼거져 백년(百年)ᄭᅵ지 누리리라.

＊출처: 『청구영언』

심광세(沈光世, 1577~1624)의 한역과 필자의 번역.

此亦何如彼亦何如!	이런들 어떠하며 저런들 어떠하랴!
城隍堂後垣頹落亦何如!	황당 뒷담이 무너진들 어떠하랴!
我輩若此爲不死亦何如?	우리도 이같이 되더라도 죽지 않을 수 있다면 또 어떨까?

＊출처: 『해동악부(海東樂府)』

현대어로 번역한 것

이런들 어떠하리 저런들 어떠하리
만수산 드렁칡이 얽어진들 어떠하리
우리도 이같이 얽혀서 백년까지 누리리라

2. 丹心歌 단심가　　　　　　　　정몽주(鄭夢周, 1337~1392)

이 몸이 주거 주거 일백번(一百番) 고쳐 주거,

백골(白骨)이 진토(塵土)되여 넉시라도 잇고 없고,

님 향(向)흔 일편단심(一片丹心)이야 가쉴 줄이 이시랴.

* 출처: 『청구영언』

심광세의 한역과 필자의 번역.

此身死了死了,	이 몸이 죽고 죽어
一百番更死了.	일백 번 고쳐 죽어
白骨爲塵土,	백골이 흙이 되어
魂魄有也無,	혼백이 있든 없든
向主一片丹心,	임 향한 일편단심이야
寧有改理也歟!	어찌 바뀔 리 있으랴

* 출처: 『해동악부(海東樂府)』

현대어로 번역한 것

이 몸이 죽고 죽어 일백 번 고쳐 죽어

백골이 진토되어 넋이라도 있고 없고

님 향한 일편단심이야 가실 줄이 있으랴

만약 공자가 이런 경우에 처해 있었다면 어떻게 했을까? 공자는 다음과 같이 말했다. "그 뜻을 굽히지 않고 그 몸을 욕되게 하지 않은 자는 백이와 숙제이다. 유하혜와 소련에 대해 평하길 '뜻을 굽히고 몸을 욕되게 하였으나, 말이 윤리에 맞고 행실이 생각에 맞았으니, 이런 점일 뿐이다'라고 말했다. 우중과 이일에 대해 평하길 '숨어 살면서 말을 함부로 하였으나, 몸은 깨끗함에 맞았고, 벼슬을 하지 않음은 권도에 맞았다'고 말했다. 그러나 '나는 이와 달리 가한 것도 없고, 불가한 것도 없다'고 말했다."[4] 여섯 현인은 어느 한쪽에 치우쳤지만, 공자 자신은 보편가치인 인仁을 실현하기 위해 시중時中, 즉 때와 장소에 알맞게 처신하겠다는 것이다. 공자가 비록 인을 최고 목적으로 하는 목적론적 세계관을 가지고 있지만, 실천 방법에서는 매우 유연한 자세를 취하는 것이다.

2020.1.6. 아침 6시에 출발하여 8시 반 거진항에 도착하니 바람이 많이 불고 날씨도 흐렸다. 거진항 식당가 앞에 주차해놓고 곧바로 출발하였다. 오늘은 통일안보공원까지 12km만 가면 된다. 그 이후는 차를 타고 가기 때문에 해파랑길 도보여행은 사실상 통일전망대 출입신고사무소 앞이 끝이다.

멀리 백두대간 준령이 서북쪽을 감싸고 있어 아름다운 호수와 푸른 해변이 펼쳐진 곳이 화진포이다. 그래서인지 화진포 호숫가에는 이승만 별장이 있고, 호수와 해변 사이에는 이기붕의 별장이 있으며, 바다를 내려다보는 산기슭엔 김일성 별장이 있다. 태백산 골짜

---

4 『論語』「微子」8: 不降其志, 不辱其身, 伯夷叔齊與! 謂柳下惠少連, 降志辱身矣, 言中倫, 行中慮, 其斯而已矣. 謂虞仲夷逸, 隱居放言, 身中清, 廢中權. 我則異於是, 無可無不可.

기를 흘러내린 물은 호수가 되었고, 호숫가엔 송림이 호수를 감싸고 있어 물새들의 낙원이라. 거북이도 낙원을 찾아오다가 동해에서 섬이 되어 파도를 막아주고 있다.

　금강산으로 통하는 7번 국도의 교통 표지판에는 AH6이란 글씨가 쓰여 있다. AH6는 'Asian Highway Network 6'의 줄임말로서 대한민국 부산→북한→시베리아→중국→러시아→유럽→영국→아일랜드

화진포호

거진항−통일전망대

까지 이어지는 자동차길 이름이다. 우리가 이 길을 따라 유럽까지 여행하려면 많은 나라를 거쳐야 하는데, 각기 다른 구성적 자아[5]를 가진 각국 사람들을 인정해주어야 한다. 그렇게 할 수 있는 세계관 역시 무연관이다.

해파랑길 표지

그동안 주로 혼자 자아성찰을 해왔는데, 이번에는 강원대학의 홍 교수님과 신 교수님 내외분이 동행하였다. 두 분은 평소에도 많은 대화를 나누는 도반道件으로서 필자의 편협한 생각을 바로잡아주고 있다. 신 교수님은 자기 생각에만 빠지면 편협해지고 독단에 흐르기 쉬우므로, 칼 포퍼(K. Popper, 1902~1994)의 '로빈슨 크로스는 과학자가 될 수 없다'는 말을 참고할 필요가 있다고 조언했다. 비록 과학적 연구이지만 그 결과를 확인할 사람은 그 자신밖에 없기 때문이다.[6] 타인이 검증해 주어야 하는 이유는 누구든 '상호주관성'을 가지고 있기 때문이다.

5 신중섭, 『마이클 샌델의 정의론 바로 읽기』, 서울: 비봉출판사, 78~87쪽 참조. 공동체적 자아로서의 구성적 자아는, ①성격을 갖는다는 것은 내가 역사 속에서 활동하고 있음을 아는 것, ②인간이 역사 속에 존재하는 연고적(緣故的) 자아를 가진다면, 인간의 행위능력과 자아 인식도 변해야 하는 것, ③구성적 의미의 성품이 존재해야 우리는 친구와 우정을 유지할 수 있다는 것이다.
6 『열린 사회와 그 적들 II』, 민음사, 306쪽.

필자는 각 구간에서 소주제를 정하여 자아를 성찰한 것도 다양한 측면에서 검토함으로써 주관적 편견을 줄이기 위한 것이며, 현재진행형으로 자아성찰을 설정한 것 역시 깨달음을 고정된 것으로 보지 않기 위한 것이다. 그런 면에서 자아성찰은 상호주관성을 극복하기 위해 타인에게 검증하게 하는 과학의 방법과 크게 다르지 않다.

無然 무연하게   2020.1.6. 南相鎬

이따금 부는 비바람도 누각 훼손하지만
쉼 없는 파도는 갈매기들 강하게 하네

겨울 화진포해변과 금구도

내외가 화통중균하여 일체를 이루어
자연스레 살아가면 크게 이탈되지 않으리

有時風雨毀高樓, 無息波濤强白鷗.　　　유시풍우훼고루, 무식파도강백구.
內外通均成一體, 自然處事不邊流.　　　내외통균성일체, 자연처사불변류.

이번 마지막 코스의 주제는 무연無然이었다. 길 위에서 일어난 수
많은 생각과 감정은 누구에게나 있을 수 있는 것으로서 상호주관성
을 가진 것들이다. 하지만 필자는 자아성찰을 통해 마음속에서 일어
나는 그런 지정의 작용을 심지체감心知體感해 봄으로써 주관성을
스스로 극복해보려 하였다. 물론 자아를 성찰한다고 해서 자아의 진
상을 파악할 수 있는 건 아니지만, 최소한 내 맘속에 무슨 일이 일어
나는가를 인지할 수는 있다. 필자는 단지 그런 마음을 무연히 무연하
게 대하고 싶을 뿐이다. 그런 이상적 목표가 비록 방법상 설정된 것

통일전망대 출입신고사무소 앞

이라 하더라도 우리의 삶을 이끌어주는 힘이 있다. 무연관이 대인 관계에서는 상대와 중용을 이루어야 하므로 활용하기 어렵지만, 내적인 심리갈등은 마음만 먹으면 해소할 수 있는 것이다.

　지나온 길은 추억이 되지만, 갈 길은 희망이 된다. 남북이 통일되어 금강산을 돌아보고, 두만강까지 걸으며, 『해파랑길 몽돌소리』 제2권을 쓸 수 있길 희망해본다.

후기

    이제까지 해파랑길을 걸으며, 배낭 속에는 최소한의 물과 간식 정도였는데, 마음속에는 자아성찰이란 주제를 담고 다녔다. 그것은 생각이 길을 잃지 않도록 설정한 것뿐이었는데, 때로는 부담스럽기도 했다. 하지만 여행을 마치고 집에 돌아오면 뒤돌아 또다시 걷고 싶어졌다.

    필자는 대부분 혼자서 걸었으며, 해뜨기 전에 출발하여 오후에 일찍 끝냈다. 거리상 1박 2일에 2~3개 코스를 걸으면 힘들지 않게 되고, 혼자 걸으면 자아성찰에 집중하기 좋으며, 새벽에 출발하면 신선한 기분으로 해 뜨는 것도 볼 수 있고, 일찍 끝내면 여유 있게 쉬며 일과를 정리할 수 있기 때문이다. 그렇게 걷는 과정에서 한 발짝 떨어져 자신과 사물을 볼 수 있는 여유도 얻게 되었다. 그때 길을 걷는 나를 성찰할 수 있었고, 해파랑길을 걸으며 파도 소리 듣는 나를 성찰할 수 있었으며, 정자에 걸린 시판 속에서 선현들의 숨결을 느끼는 나를 성찰할 수 있었다.

    그동안 해파랑길 걸으며 자아를 성찰할 때, 최고의 순간은 어떠했나? 한순간이지만, 그것은 세상을 무연無然히 심지체감心知體感하는 나를 발견할 수 있었다는 것이다. 걷기만 한 것뿐인데, 지정의가 통균通均이 되며, '세상사 다 그렇고 그런 거야'라고 긍정하고, 있는 대로 보며, 들리는 대로 듣고, 보고 들은 대로 생각할 수 있었던 순간이 있었기 때문이다. 불교의 견성見性도 그런 자아성찰의 하나가 아닐까?

해파랑길에 취한 나그네의 감상이 너무나도 주관적일 수 있지만, 취해보지 않고는 도저히 알 수 없는 것이 그런 취경醉境이다. 그래서 주관성을 줄이기 위해 필자는 여행기 초고를 주변 분들에게 보내드렸다. 천원 선생님께도 보내드렸는데, 선생님께서는 마음으로 동행하시며 〈해파랑길〉 시를 보내주셔서 여기에 편집한다. 아울러 필자도 권주가처럼 독자에게 한 수의 시로 해파랑길 걷기를 권해 본다.

●

해파랑길　　　　　　　　　　2020.1.14. 천원 윤사순(天原 尹絲淳)

소년 하나 홀가분히
집 나선다

산과 바다 어우러진
구비길로
접어든다

파도 타듯 출렁이는 꿈
퍼져나는 눈부신 햇살
다 함께 짝 된
걸음걸이다

뜨고 지는 해 품어주는
수평선 너머로

시리게 쌓이고 쌓인 고뇌
풍선처럼 날린다

고운 이름 해파랑길
정든 님 따르듯
따라간다[1]

●

海坡棧道 해파랑길 _2020.1.13. 南相鎬

해파랑길 인생과 같아
험난하기도 하지만 결국 태평해지지요
수족이 천근 만근하면 마음은 새털 같아지니
잠시 하던 일 내려놓고 홀로 떠나 보시지요

海坡棧道若人生, 有險有難終太平.　　*해파잔도약인생, 유험유난종태평.*
手足千鈞心一羽, 暫時放下出孤行.　　*수족천균심일우, 잠시방하출고행.*

바다에도 지정의가 있는 것일까? 첫째 바다의 지성은 모래사장까지
만 들어오고, 인간이 사는 곳에는 여간해 침범하지 않는다. 혹시 육지
를 향해 쳐들어온다고 하더라도 금방 물러간다. 둘째 바다의 감정은
기분 좋은 날이면 잔잔한 얼굴로 반짝거리지만, 화가 날 때는 높은 파
도를 일으켜 천둥소리를 내며, 슬플 때는 시커먼 파도에 천둥소리를
내고, 즐거울 때는 몽돌도 자그락~ 자그락~ 타다닥~ 타다닥~ 콩 볶는

---

1 윤사순, 『광부』, 서울: 유림플러스, 2020. 5. 25쪽.

소리를 낸다. 셋째 바다의 선의지는 해초나 물고기를 잘 살게 해준다. 바다의 식성도 사람과 같아서 깨끗한 물이나 음식은 잘 먹고 소화를 시키지만, 먹을 수 없는 플라스틱이나 나뭇가지 등은 뱉는다. 우리는 이런 것을 자연의 섭리라고 부른다. 이것은 재미 삼아 나의 지정의를 투영하여 본 것이다. 하지만 그렇게 보는 것도 내 마음의 작용 중 하나 이다. 이 책의 모든 이야기도 결국은 그런 생각과 느낌을 적어놓은 자아성찰 노트일 뿐이다. 과장된 표현마저도 감추기 어려운 필자의 감정을 담은 것이므로 독자들께서는 널리 이해해주기 바란다.

해파랑길은 전체가 모두 비경이지만, 구태여 10경을 꼽는다면 어디가 좋을까? 역사적으로 동해안에는 이미 관동팔경이 있는데, 8경 중 이북에 있는 고성의 삼일포三日浦, 통천의 총석정叢石亭을 제외하면, 평해平海의 월송정越松亭, 울진의 망양정望洋亭, 삼척의 죽서루竹西樓, 강릉의 경포대鏡浦臺, 양양의 낙산사洛山寺, 고성의 청간정淸澗亭 6경이 있다. 그래서 기존의 6경에, 4경으로 부산의 해운대海雲臺, 울산의 태화루太和樓, 포항의 영일대迎日臺, 삼척 장호항을 꼽을 수 있다. 부산의 해운대는 동백섬 주변에 광안리해수욕장과 APEC 정상회의를 한 누리마루 등이 있기 때문이고, 울산의 태화루는 태화강이 내려다 보이고 주변에 십리대숲을 중심으로 한 제2 국가정원 등이 있기 때문이며, 포항의 영일대는 해와 달의 금빛 파도와 국력의 상징인 포항제철 등이 보이기 때문이고, 삼척 장호항은 주변의 해안선과 바위섬의 하얀 파도가 아름답기 때문이다. 이렇게 해파랑길 주요 명소를 10경으로 선정하였지만, 통일되면 해파랑길은 12경이 될 것이다. 아쉽지만 10경에 대한 감상을 각각 한 수의 사(詞)로 정리하고, 10경 각각의 이름을 넣어 한 수의 시로 정리해보았다.

해파랑길 십경

부산 해운대(釜山海雲臺) - 해운동백(海雲冬柏): 해운대의 동백꽃
울산 태화루(蔚山太和樓) - 태화채하(太和彩霞): 태화루의 저녁노을
포항 영일대(浦項迎日臺) - 영일금린(迎日金鱗): 영일대의 금빛 물결
평해 월송정(平海越松亭) - 월송풍운(越松風韻): 월송정 솔바람 소리
울진 망양정(蔚珍望洋亭) - 망양격외(望洋格外): 망양정의 별천지
삼척 장호항(三陟藏湖港) - 장호암도(藏湖岩島): 장호항의 바위섬
삼척 죽서루(三陟竹西樓) - 죽서부안(竹西浮雁): 죽서루의 물오리
강릉 경포대(江陵鏡浦臺) - 경포월영(鏡浦月影): 경포호의 달그림자
양양 낙산사(襄陽洛山寺) - 낙산관음(洛山觀音): 낙산사의 해수관음
고성 청간정(固城淸澗亭) - 청간벽해(淸澗碧海): 청간정의 푸른 바다

海坡十景 해파랑길 십경(10수)   _2020.4.17. 南相鎬

* 사패(詞牌): 〈도련자(搗練子)〉唐·李煜, 單調二十七字, 五句三平韻.
  中仄仄, 仄平平, 中仄平平中仄平. 中仄中平平仄仄, 仄平中仄仄平平.

●
搗練子, 海雲冬柏 해운대의 동백꽃

잔물결 하얗고, 노송은 푸르니,
사람들 봄 맞으러 푸른 바닷가에 왔네.
한 송이 피는 꽃도 큰 덕이 필요한데,
혹시 만물의 약동 하늘의 기운 받았나?

少浪白, 老松青, 遊客迎春臨碧溟.　　　소랑백, 노송청, 유객영춘임벽명.
一朵花開需大德, 或如躍動受天靈.　　　일타화개수대덕, 혹여약동수천령.

●

擣練子, 太和彩霞 태화루의 저녁노을

가을 달 가득해도, 누각은 비어 있어,
아름다운 단청 길손을 몽롱하게 만드네.
강물은 등불 되 비추어 절벽 언덕 밝히니,
마음이 일어나니 시상도 무궁하네.

秋月滿, 玉樓空, 秘色丹青使客朧.　　　추월만, 옥루공, 비색단청사객롱.
江返燈光明壁岸, 意興情動想無窮.　　　강반등광명벽안, 의흥정동상무궁.

●

擣練子, 迎日金鱗 영일대의 금빛 물결

아침 해 빛나니, 새벽 누정 훤해지고,
반짝이는 금빛 비늘 푸른 바다에 펼쳐지네.
잠시라도 태양 보면 세상이 안 보이듯,
만물이 하나라는 것 깨달으면 차별세계 안 보일까?

朝日白, 曉樓明, 閃閃金鱗布碧瀛.　　　조일백, 효루명, 섬섬금린포벽영.
一刻面陽看不到, 或如覺一得眞盲.　　　일각면양간부도, 혹여각일득진맹.

●

擣練子, 越松風韻 월송정의 솔바람소리

돌길은 굽어졌고, 노송은 우뚝한데,
단청한 월송정 아주 고풍스럽네.

후기

231

새로 쓴 시판 옛이야기 전하는데,
부모는 아이와 미래 꿈 이야기하네.

石道曲, 老松崧, 五色樓亭滿古風   석도곡, 노송숭, 오색누정만고풍.
新板書詩傳故事, 與童父母說霓虹   신판서시전고사, 여동부모설예홍.

●

擣練子, 望洋格外 망양정의 별천지

산정의 누각, 태양의 궁전,
날아갈 듯한 추녀 단청 무지개 같네.
푸른 바다 끝없어 별천지와 이어지니,
기분은 하늘을 날아갈 듯.

山頂閣, 太陽宮, 飛楠丹青若彩虹   산정각, 태양궁, 비각단청약채홍.
碧海無邊連別界, 氣分恰似騁天空   벽해무변연별계, 기분흡사빙천공.

●

擣練子, 藏湖岩島 장호항의 바위섬

남쪽엔 쪽빛 바다, 북쪽엔 백사장,
바위섬 파도 재앙을 멈추네.
높은 건물에 케이블카 설치하니,
휴가 온 손님들 아름다운 언덕 오르네.

南碧海, 北沙場, 巖島波濤止怪狂   남벽해, 북사장, 암도파도지괴광.
百尺高樓懸鐵輦, 渡暇遊客上仙崗   백척고루현철련, 도가유객상선강.

搗練子, 竹西浮雁 죽서루의 물오리

회색빛 기와, 푸르른 이끼,
탈색된 대들보 옛 누대임을 말해주네.
백발노인 오리 보며 즐기고,
가는 세월 모르니 신선 세계로구나!

灰瓦片, 綠莓苔, 脫色中梁說古臺.　　　회와편, 녹매대, 탈색중량설고대.
白髮老人觀雁樂, 不知歲月是蓬萊.　　　백발노인관안락, 부지세월시봉래.

搗練子, 鏡浦月影 경포대의 달그림자

가을 달 빛나니, 차가운 호수도 밝아,
고니들 날아와 겨우내 머무네.
쉬는 것도 때와 더불어 본성 따라야,
천명 받들어 대장정 떠날 수 있으리.

秋月亮, 冷湖明, 鴻鵠飛來樓一程　　　추월량, 냉호명, 홍곡비내서일정.
休息與時從本性, 順天奉命出長征　　　휴식어시종본성, 순천봉명출장정.

搗練子, 洛山觀音 낙산사의 해수관음

사물 밖에 Idea가 있다는 것, 깨달음 속의 미혹,
해수관음보살 미소 지으며 바라보네.
부단히 마음 닦아 실성을 보존하려
푸른 파도 출렁여도 갈매기들 깃드네.

후기

233

境外境, 覺中迷, 海水觀音開笑睇.　　　　경외경, 각중미, 해수관음개소제.
不斷洗心存實性, 碧波動蕩白鷗栖.　　　부단세심존실성, 벽파동탕백구서.

搗練子, 淸澗碧海 청간정의 푸른 바다

푸른 대나무 빼곡하고, 붉은 소나무 기지개 켜는데,
돌기둥은 오래됐어도 누각은 새로 지었네.
철조망이 어떻게 바닷물 막을 수 있으랴,
갈매기는 자유자재로 파도타기 하네.

靑竹密, 赤松伸, 石柱千年樓閣新.　　　청죽밀, 적송신, 석주천년누각신.
鐵網如何搪海水, 白鷗自在弄波鱗.　　철망여하당해수, 백구자재농파린.

海坡四季 해파랑길 사계절　　　　　　　　　　2020.4.17. 南相鎬

해운대 동백꽃 봄이 돌아왔다 알리니
도처의 사람들 해 맞으려 영일대에 오네요
청간정 골짜기에서 피서하며 감성을 충전하고
시끄러운 곳 멀리 떠나 바다 보며 망양정에서 거닐어요
경포대 한가위 달그림자 호수에 뜨니
바위섬은 항구를 호수처럼 싸고 손님을 부르네요
북쪽 기러기 송림 넘어 푸른 물에서 머물고
죽서루 선비 품어주며 매화와 벗하네요
낙산사 해수관음은 바다를 보살피니
세상이 크게 조화로워 모두가 잘 될 거예요

비도 맞아보고 햇볕도 쬐며 해파랑길 걷고
해안을 감상하며 높은 누대에도 올라보아요

海雲冬柏告春回,到處人民迎日來.　　해운동백고춘회, 도처인민영일래.
避暑充情淸澗谷,離騷遠俗望洋徊.　　피서충정청간곡, 이소원속망양회.
仲秋鏡浦浮蟾影,岩島藏湖招客催.　　중추경포부섬영, 암도장호초객최.
北雁越松棲碧水,竹西隱士近寒梅.　　북안월송서벽수, 죽서은사근한매.
洛山石佛慈瀛國,天下太和大運開.　　낙산석불자영국, 천하태화대운개.
淋雨曬陽過棧道,聽波觀岸上高臺.　　임우쇄양과잔도, 청파관안상고대.

해파랑길을 함께한 모자·배낭·등산화

　2019년 말 중국 우한武漢에서 발생한 코로나19 전염병 때문에, 3월 초에 끝내려던 해파랑길 도보여행도 한 달 반을 미루어 4월 17일에야 마칠 수 있었다. 그 바람에 해파랑길의 사계절을 모두 볼 수 있게 된 것은 다행스런 일이다. 되돌아보면 아름다운 광경에 대한 감동의 시간이 많았다. 가장 인상 깊었던 것을 하루 기준으로 보면, 아침에는 울진 후포항의 부엉이 눈 같던 아침 해, 점심에는 해운대구 송일정 앞바다의 눈부시게 찬란했던 금린金鱗 파도, 초저녁에는 울산 태화루의 신비했던 단청, 한밤중에는 포항시 흥해읍 오도리 바다의 슬펐던 월파月波가 있다. 해파랑길 도보여행을 한마디로 총정리하면, 자아성찰은 무한진행형으로 계속해야 한다는 것이다.